Bibiche

Raozy Pellerin

Bibiche

PLON
www.plon.fr

92, avenue de France
75013 Paris
Tél. : 01 44 16 09 00
Fax : 01 44 16 09 01
www.plon.fr
www.lisez.com

Mise en pages : Graphic Hainaut
Dépôt légal : août 2022
ISBN : 978-2-259-31088-8

À toutes ces femmes de passage
J'ai puisé en vous tant de choses que ces lignes
ne sauraient rendre.

Promis, elle ne pleurera pas. Elle vous parlera d'elle. Elle, c'est Bibiche. Que peut-elle ajouter ? Vous dire que, non, elle n'est pas venue sur une barque de fortune, entassée parmi des dizaines d'hommes et de femmes. Elle n'a pas failli se noyer en attendant que des gardes-côtes italiens la sortent de l'eau et que les caméras des médias européens filment ses larmes sur la terre ferme. Elle n'a pas fui une zone de guerre. Non, elle vient de la République démocratique du Congo. Pas même de l'est du pays. Elle n'a pas été menacée par le mouvement rebelle M23 ni par les troupes de Lubanga. Elle est simplement originaire de Kinshasa. Vous connaissez peut-être le Zaïre de Mobutu. Mobutu Sese Seko avec ses chapeaux léopard. Le roi du Zaïre. Bibiche s'en souvient bien. Comment oublier cette époque, cet homme ? Sans doute son histoire ne mérite-t-elle pas votre attention. Cette histoire, il va pourtant bien falloir qu'elle essaie de vous la raconter.

Elle pourrait commencer par une soirée d'été ou par un matin frais. Gamine qui espionne derrière les portes ou bien femme au poing levé. Puis décrire ces lieux dans lesquels elle avance les yeux fermés, et même, pourquoi pas, ceux qu'elle découvre à tâtons. Oui, c'est peut-être dans l'un de ces endroits qu'elle vous parlera d'elle.

Première partie

« Des mots comme liberté, égalité et autres slogans au nom
desquels tant de gens fouillent la vie et d'autres donnent
la mort ne relèvent pas de ma compétence. Pas encore.
Pour y accéder il faudra passer par une mort
ou par une naissance. »

Thérèse en mille morceaux, Lyonel Trouillot

1

Bibiche, chez Marguerite, était un nourrisson en plein éveil. Un nourrisson qui, déjà, ne vagissait plus, mais adoptait le regard placide de celui qui observe. Elle commençait par ses pieds, remuait un ou deux orteils. Deux minutes. Deux heures. Deux mois ? Elle réalisait que ces pieds étaient bien les siens et que ces orteils, par un insondable miracle, répondaient à ses ordres. La chair de ses pieds s'épaississait. Celle de ses mains aussi. La peau de ses chevilles s'assouplissait, le péroné ne pointait plus. Peu à peu, elle quittait le monde animal pour gagner l'humanité. Bibiche prenait forme.

Elle fermait fort les yeux et ouvrait grand les oreilles. Nourrisson épuisé, qui, pourtant, ne trouvait pas le sommeil. Au petit matin, quand le ciel était encore d'encre, elle entendait alors les talons d'une femme claquer sur le trottoir, puis le camion-poubelle. Même éveillée, ce camion, chaque fois, la faisait sursauter. Le bruit du frein progressait d'immeuble en immeuble, comme si l'on fouillait les maisons, s'ensuivaient les cris des hommes. Ils se donnaient des ordres, ramassaient des poubelles qu'ils balançaient à l'arrière, comme jadis, il lui semblait, on y entassait des corps.

Marguerite se levait une demi-heure environ après l'arrivée des camions. Elle préparait les petits déjeuners avant de réveiller Teddy et Jasmine, d'abord en douceur, puis avec fermeté. Ils étaient comme tous les autres enfants, ne ressentaient aucun plaisir au rêve interrompu, encore moins à l'appel de la cloche qui sonne. Dans la salle de bains, ils se chamaillaient à qui se brosserait les dents en premier, à qui pourrait se coiffer devant le petit miroir. Et Bibiche de garder bien closes ses paupières.

Enfin, le ciel s'éclaircissait, la porte claquait, et c'était à ce moment-là qu'elle s'endormait. Elle avait tendance à dormir surtout le jour, très peu la nuit. Voilà, Bibiche faisait tout l'inverse de ce qu'on attendait du parfait nourrisson.

Son corps léger sur un matelas dur, Bibiche le ressentait par moments comme un corps lourd sur un tas de plumes. La nuit, elle dégageait une jambe, un pied, une épaule. Dans la pénombre, elle se souvenait que ce corps, son corps, était bien en vie, malgré elle. Elle devinait dans le noir de son sommeil factice les meubles autour d'elle. À quelques centimètres, une table ronde et quatre chaises. Un canapé de cuir vert bordait la pièce à l'opposé. De sa paume, elle caressait son matelas, vérifiait que la chaise était bien là. Sur le mur, du papier peint, déchiré par endroits. Dans le prolongement de ses pieds, le couloir. Il n'y avait qu'une seule fenêtre, à l'angle du canapé. Elle s'en approchait rarement, le froid s'y engouffrait et créait une pellicule de givre sur les coins. Au-dessus de la porte, une Vierge Marie l'aimait, de ses yeux doux et bleus. Son visage familier était le même partout. Oui, c'était ça : on était bel et bien chez Marguerite.

Quand tout le monde s'affairait, vaquait à ses occupations, au lieu de s'en soucier, Bibiche resserrait son pagne et roulait sur le côté, recroquevillée, la main sous sa joue en guise d'oreiller. En position du fœtus. Petit être fragile à l'abri de tous et des regards. Un être sans nom ni visage, avec pour seul espoir celui d'être attendue. Elle se réveillait aux alentours de midi, savait au bruit de la rue qu'il était «tard». Tard pour le reste du monde, tard pour la vie d'en bas. Au réveil, un coup d'œil en direction de la Vierge Marie comme pour reconnaître sa présence rassurante et la remercier. Le moment venu, d'un bond, elle pliait les draps et rangeait son petit matelas en mousse contre la cloison.

Bibiche traînait alors cette carcasse endolorie tant bien que mal jusqu'à la minuscule cabine de douche. Elle se déshabillait, jetait son pagne sur le sol froid. Un frisson lui parcourait l'échine. Sous l'eau brûlante, elle se frottait énergiquement comme pour râper sa peau amochée, la gommer pour qu'apparaisse enfin une nouvelle enveloppe. Elle massait au beurre de karité ses cuisses, qui, sans raison, lui faisaient mal. Elle éprouvait ainsi l'impression réconfortante de n'avoir plus froid.

Bibiche évitait soigneusement le miroir, de peur de se retrouver, de constater que se frotter ne suffisait pas. Il lui arrivait toutefois de s'observer furtivement, à travers une vitre, pour replacer sa perruque. Elle se tâtait, découvrait l'existence d'un os au-dessus de la hanche ou près de l'épaule. Des creux, des plis, des courbes aussi, le long desquels elle glissait son index. La peau souple de son visage, les cicatrices sur ses mains. Elle n'acceptait de se voir que dans ces détails.

Vêtue des vieux vêtements de Marguerite, Bibiche passait le balai dans le salon et la cuisine, puis s'occupait du ménage, rangeait, nettoyait ces espaces étroits avec ferveur. Une fois l'appartement propre, elle avalait un bol de bouillon de poulet réchauffé devant la télévision. Vers quinze heures, elle se rallongeait, patientait les yeux clos et parfois, par bonheur, se rendormait. Sinon, juste attendre. Attendre que les enfants rentrent de l'école, que les bruits de la rue s'amenuisent, que le ciel s'assombrisse. Chez elle, on organisait rarement sa journée autour du temps, il n'avait qu'une valeur indicative. Ici, le temps avait une valeur impérative qui lui donnait l'impression de pouvoir s'y accrocher comme on s'accroche aux branches pour ne pas chuter.

Bibiche, chez Marguerite, c'était aussi cette femme qui prenait sur elle pour ne pas effrayer ceux qu'elle aimait. Jasmine et Teddy arrivaient vers dix-sept heures, invariablement gais et bruyants. Ils ne semblaient pas gênés par sa présence, à son grand étonnement. Même elle, était gênée par sa propre présence. Elle se trouvait imposante, de ce corps subjectivement lourd, qui, elle en était convaincue, prenait trop de place sur le canapé. Ils l'appelaient « ma tante ». Et leur tante de leur préparer un bol de lait et des biscuits pour le goûter.

Teddy et Jasmine regardaient la télévision, commentaient, rigolaient. Elle les mimait, ne savait pas comment réagir. Dans cette émission, qu'ils ne rataient jamais, des jeunes se promenaient nus autour d'une piscine. En fait, presque nus. Des tatouages et des slips de bain échancrés leur cachaient un peu la peau. Fille ou garçon, une partie de leurs crânes était rasée. Ils se disputaient à longueur de temps, criaient les uns sur les autres. Parfois, ils s'enfermaient dans un sas pour critiquer leurs amis face caméra et en toute tranquillité. Bibiche ne supportait pas leurs cris, d'autant plus que, comme les enfants le lui avaient expliqué, il ne s'agissait pas d'acteurs, c'était la *réalité*. Dans ce cas, ils allaient forcément s'entre-tuer. Elle ne pouvait pas les laisser voir ça. Ses doigts tremblaient, ses mains la démangeaient. Heureusement, venait ensuite l'heure de faire les devoirs. Comme promis à Marguerite, elle éteignait alors la télévision. « Ils ont la tête dure ! Au moins, quand tu es là, ils n'osent pas rester devant la télé à regarder des bêtises ! »

Jasmine surveillait et aidait son petit frère. Bibiche aimait les entendre réciter des poésies, compter à voix haute, ou simplement rire. Elle se sentait moins seule. Mais les bruits d'enfants ont pour eux d'être universels, ils la ramenaient dans son pays. Il lui arrivait ainsi de confondre les lieux et de s'égarer.

2

— Ma sœur, tu viens d'où ? Cameroun ? Togo ? lui avait demandé un petit homme, la première fois, devant la préfecture.

Bibiche s'y était rendue uniquement pour faire plaisir à Marguerite, la rassurer, lui montrer qu'elle ne serait pas une charge – en tout cas, le moins possible – et ferait tout pour régulariser sa situation.

— Non, Congo. Kinshasa, avait-elle murmuré.

— Ah ! Kinshasa ! Il y en a beaucoup, ici. Moi, je suis guinéen.

Il l'avait rabrouée après qu'elle eut cédé sa place à un couple de personnes âgées. Bibiche s'était sentie obligée de le faire à la vue des rides profondes qui lacéraient les joues de la femme.

— Toi, tu viens d'arriver, je pense. Ça se voit ! Tu sais, ici, c'est un monde sans pitié. Tu le comprendras vite… Ça fait deux ans que je suis là, j'en sais quelque chose.

Pourquoi deux ans ? Comment était-il possible que, deux ans plus tard, il se trouvât encore dehors dans le froid, dans la nuit opaque, à patienter ? Et ce visage émacié, ces mains sèches, comme s'il n'avait pas un quelque part qui l'attendait. Bibiche avait du mal à parler, ses mâchoires la faisaient souffrir. Dans la queue sans fin qui s'allongeait, elle enserrait la petite Thermos de Marguerite remplie de thé noir, tandis que le Guinéen lui racontait son périple pour venir jusqu'en France.

Les rendez-vous administratifs étaient inévitables. Venir le jour suivant, c'était déjà trop tard. Vraiment trop tard. D'après ce qui se disait dans les files d'attente, la machine à expulsion s'embrayait aussitôt.

Il lui fallait chaque fois plusieurs jours de préparation mentale. Elle partait la nuit, revenait à l'heure du déjeuner, parfois plus tard. Lorsqu'elle arrivait enfin après un long trajet, certains étaient déjà assis, quelques-uns discutaient, d'autres encore dormaient contre la grille de la préfecture.

Ses mains étaient figées, ses doigts incapables de se dénouer. Ses jambes s'engourdissaient à force de rester immobiles. Des hommes, quasiment que des hommes. Elle, qui avait trouvé refuge auprès d'une femme et de deux enfants, les fuyait. Ils parlaient des langues étrangères et parfois, dans ce brouhaha, s'élevaient des paroles prononcées en lingala. Le lingala se chuchotait rarement, pourtant, là, les mots étaient dits à voix basse, comme en prison. Elle ne se retournait pas, de peur d'être découverte.

De ces matinées elle ressortait épuisée, ralentie par cette lassitude des gens depuis trop longtemps confinés et contraints d'établir des liens pour survivre. Hormis ces rendez-vous à la préfecture, Bibiche ne sortait que pour des escapades furtives à la supérette.

Lors de son deuxième voyage à la préfecture, une fonctionnaire aux larges épaules la reçut sans prendre la peine de jeter un œil à sa paperasse. Elle lui donna simplement un formulaire, non sans rire, quand Bibiche avait voulu le remplir devant elle. Bibiche se dirigea vers la sortie, serrant contre elle ce précieux document, comme s'il s'agissait d'un enfant trop grand pour être porté.

« Tu ne peux pas te tromper, tu verras. Tu es au bout de la ligne, alors tu ne peux prendre qu'un seul sens », lui avait expliqué Marguerite. À l'entrée de la station, une femme ni blanche ni noire lui tendit une main sale, espérant un peu de monnaie. Tout lui paraissait étrange en France, du regard impassible de cette femme qui réclamait à manger jusqu'aux gens dans le métro, occupés par leurs téléphones, par de la musique, par un livre. Un jeune homme hurlait au téléphone dans l'indifférence générale, oscillant entre insultes et éclats de rire. Personne ne faisait attention à elle ni ne la jugeait. Sans savoir d'ailleurs de quoi elle aurait été coupable, elle se sentait pourtant en faute. La peau des usagers était de toutes les carnations imaginables : du jaune-marron, du brun-vert, du noir-bleu, du blanc-rouge, accompagnées de toute une palette de couleurs. Du bleu dans les yeux, du rouge aux lèvres, du violet dans les cheveux. Paris et sa banlieue étaient gris, tandis que les visages étaient multicolores. Bibiche sourit. *Deviendrai-je un jour comme eux, une véritable Française, la tête dans un journal distribué gratuitement près des bouches de métro?* Oui, il fallait bien que Bibiche finisse par se choisir une langue, une identité, une appartenance.

Son ventre gargouillait, elle n'y prêta pas attention. Dans un réflexe, elle voulut saisir sa Thermos, sa fidèle compagne, sa façon à elle de gagner un peu de chaleur, mais elle avait disparu. Prise de panique, elle se mit à pleurer. Une larme tomba sur son formulaire. Les passagers levèrent le nez pour observer cette femme qui sanglotait. Elle se précipita hors de la rame, perdit son souffle dans les escaliers, chercha à rejoindre le quai d'en face, comme pour sauver sa peau. La voilà qui repartait en sens inverse : Barbès-Rochechouart, Château Rouge, Marcadet-Poissonniers, jusqu'au terminus. La queue n'en finissait pas de s'allonger devant la préfecture. En bas d'une chaise, sa Thermos l'attendait. *Grâce à Dieu.*

Quelques heures plus tard, elle se réfugia sous les draps, savoura enfin le calme, ignora toujours ce ventre qui criait famine. L'émotion de la matinée la fit sombrer dans un sommeil profond, dont elle émergea dans un sursaut. Les pas des enfants se rapprochaient dans l'escalier. Puis, ce cliquetis.

3

Un lien évident s'était tissé entre les enfants et Bibiche. Leurs visages s'éclairaient lorsqu'ils la retrouvaient dans le salon. Elle était comme une tante venue de loin, un peu perdue, à laquelle ils s'attachaient chaque jour davantage, heureux de la voir quand leur mère était encore au travail. Jasmine la coiffait, la tressait, lissait ses cheveux avec son fer. Dans ces moments-là, Bibiche restait immobile, tétanisée. La jeune fille s'emparait de touffes de cheveux, tirait dessus afin de faire des nattes bien serrées.

— Je te fais mal ?

— Ça va… Non.

Intérieurement, Bibiche la suppliait d'en finir.

Dans sa relation avec les enfants comme avec Marguerite, Bibiche était constamment tiraillée entre la reconnaissance et l'affection, et un embarras dont elle ne pouvait se départir. Tout en elle criait la honte d'être cette femme dépendante et fragile.

Quand Marguerite les rejoignait dans le salon après le travail, Bibiche se réfugiait le plus souvent dans la cuisine. Les dîners autour de la table la rassérénaient autant qu'ils l'angoissaient. Marguerite lui renvoyait l'image de celle qu'elle pensait avoir été un jour sous d'autres cieux, sans en être certaine. Elle était la spectatrice d'un film dont l'héroïne était belle et forte. Ce film, si plaisant soit-il, renforçait son dégoût d'elle-même. Cependant, sa bienfaitrice ne percevait rien de tout ça. Elle grondait, soignait, couchait ses enfants, comme si de rien n'était.

Un soir, Marguerite essaya tant bien que mal de comprendre une leçon de mathématiques afin de mieux l'expliquer à Jasmine. Bibiche se remémora précisément ce jour où, petite, elle luttait pour apprendre le théorème de Pythagore, dans les ouvrages à sa disposition, en vain. Elle pestait contre sa stupidité et contre la nullité de son professeur. Son père, confortablement installé dans son fauteuil, plongé dans son journal, ne supportait pas de l'entendre soupirer. « Qu'est-ce que tu as ? Tu me déranges, là ! » Bibiche n'osait pas demander de l'aide à ce père littéraire, qu'il ne fallait surtout pas interrompre dans sa lecture. Il la rejoignit finalement sur la table installée dans la cour et, avec une patience insoupçonnée, lui expliqua comment calculer l'hypoténuse d'un triangle rectangle. Pythagore est l'unique formule qu'elle avait retenue par la suite. Depuis cet épisode, Bibiche laissait Marguerite et ses enfants le plus souvent seuls, de peur que le moindre échange entre eux ne l'ébranle. L'envie était péché.

Dans la cuisine, Bibiche avait son petit tabouret près de la gazinière, sur lequel elle s'installait, bien au chaud, les genoux repliés contre le ventre. Marguerite restait parfois auprès d'elle quelques minutes, elles surveillaient à deux l'évolution du bouillon. L'eau de la viande devenait orangée, suait toutes les épices généreusement saupoudrées. C'était dans cette cuisine que Marguerite prenait le temps de lui expliquer ce qu'elle avait appris durant la journée sur les différentes démarches auprès de la préfecture. Dans ces moments-là, Bibiche transpirait abondamment, sans savoir si c'était l'angoisse de devoir quitter cet appartement un jour ou les vapeurs du plat qui lui donnaient si chaud.

Le week-end, Marguerite était censée confier les enfants à leur père, un Martiniquais nommé Patrice, bien que celui-ci se présentât tout au plus une ou deux fois par mois. Bibiche l'avait aperçu furtivement alors qu'il montait les chercher. Elle voyait bien, à sa manière de la regarder, qu'il désapprouvait sa présence.

— Il est hautain, ne fais pas attention à lui, lui avait expliqué Marguerite. C'est le genre à donner des leçons aux autres, mais à ne pas se les appliquer. Tu vois ce que je veux dire ? On s'est jamais entendus, de toute façon, je fais un effort juste pour les enfants… Je l'appelle tout le temps pour qu'il passe un peu les prendre.

Marguerite avait connu Patrice alors qu'ils étaient tous deux au collège et vivaient « dans la cité ».

— On se disputait tout le temps, pourtant on n'arrivait pas à se séparer. Et puis voilà, à vingt ans, je suis tombée enceinte, un accident. On a essayé la vie de famille, mais, après l'arrivée de Teddy, on voyait bien qu'il n'y avait rien à réparer.

Bibiche ne savait jamais quoi répondre. Elle se contentait de l'écouter, imaginait à quoi pouvait ressembler cette jeunesse « dans la cité », une relation avec cet homme élégant, bien que distant. Marguerite avait l'air heureuse dans cette vie sans mari.

Quand les enfants étaient au lit, ou partis en weekend, elles avaient pris coutume de regarder la télévision ensemble, sans dire grand-chose. Marguerite leur servait une tisane et des commentaires à voix haute.

— Voilà pourquoi je dis toujours qu'un homme, ça ne sert à rien ! Ouh ! là, là ! Moi j'ai donné une fois, ça me suffit... Ce gamin-là mérite une bonne gifle !... Hein ? N'importe quoi ! Faut pas mentir comme ça, un jour tu vas te faire prendre à ton propre piège !

Elle concluait ses remarques d'un sifflement à travers les gencives – comme on le faisait à Kinshasa –, et Bibiche acquiesçait.

— Toi alors, tu ne parles pas beaucoup ! plaisantait souvent Marguerite en lui tapant sur la cuisse. Vingt-trois heures ! Allez, je vais dormir ! Demain, je me lève tôt.

Bibiche ne supportait pas de la voir partir, car, quand tous étaient couchés, débutaient son calvaire, ses nuits noires au cours desquelles, dans ses cauchemars, elle trébuchait. Mais lorsque Marguerite réapparaissait, l'aube s'annonçait, et avec elle la promesse du repos. Elle était une source de chaleur, de constance. Une fois, sans réfléchir, Bibiche s'était agrippée instinctivement à sa main. Étonnée par son propre geste, elle l'avait immédiatement relâchée.

— Bonne nuit, ma sœur...

4

Des chuchotements. Ceux de Francine, comme toujours. Elle lui raconte sa rencontre avec son petit ami à l'église. Elle espère le retrouver bientôt pour l'épouser. Francine mourrait s'il la voyait dans cet état, elle qui est toujours apprêtée. Le tee-shirt qu'elle porte à l'effigie de Tshisekedi est souillé et déchiré par endroits. Bibiche l'écoute d'une oreille. Elle essaie d'étendre une de ses jambes, car sa cuisse lui fait mal. Elle réfléchit à un message d'espoir pour que Francine s'y accroche, s'imagine en jolie mariée. Soudain, un cliquetis.

— Bibiche, le gardien t'appelle, glisse Francine doucement, la poussant du coude.

— Non, Francine, ce n'est pas moi qu'on appelle. Réveille l'autre. Bibiche la petite.

— Bibiche, t'es en train de nous énerver, là. C'est pas bon ça ! Sors de là, ou je viens te chercher ! crie Blaise.

Bibiche l'ignore et caresse le sol de ses doigts sales, sa jambe toujours étendue sur le côté. Ils ne comprennent rien.

— Je suis Anita, dit-elle à voix basse. Explique-leur, Francine, car ils ne comprennent pas mon langage. Regardez mon passeport ! Anita, c'est moi !

Francine et les autres femmes se mettent à rire, d'abord silencieusement, puis très fort, rejointes par les geôliers. Blaise entre dans la cellule, la tire par les cheveux.

— T'es vraiment drôle, Bibiche, hein ! Allez viens là, on a pas que ça à faire, nous !

Alors qu'elle le suit, elle entend toujours les rires résonner jusque dans la cour.

— T'es ridicule, ma pauvre, lui lance Blaise.

Bibiche se réveille à moitié. Une douleur irradie sa fesse jusqu'à l'arrière de la cuisse. Elle entend les étudiants qui vivent dans l'appartement d'à côté rire aux éclats. Durant une seconde, elle croit qu'eux aussi se moquent d'elle.

5

Quelques familles attendaient sur le trottoir, entourées, comme d'habitude, d'hommes seuls. Cette fois, Bibiche avait refusé la Thermos de Marguerite. Les minutes s'égrenaient sur son téléphone portable. Presque huit heures. À part Marguerite, personne ne l'appelait.

Dans la queue, à deux mètres devant elle, se tenait un homme coiffé d'un chapeau, fier dans son imperméable beige. Elle ne parvenait pas à lui donner d'âge. Il s'appuyait sur une jeune femme blonde qui semblait très attentionnée, sa compagne, probablement. Cette dernière lui parlait à voix basse, cependant l'homme avait l'air distrait. Son visage éteint fascinait Bibiche. On pouvait y lire le même égarement, le même doute qui l'habitaient, elle. Une fois dans l'enceinte de la préfecture, elle s'aperçut qu'il boitait. Il avait une allure familière, un Congolais, sans doute. Pour la première fois depuis longtemps, un homme ne lui inspirait pas instantanément de la méfiance.

Alors qu'elle luttait pour ne pas s'endormir, le numéro 89 s'afficha enfin. Il était près de dix heures. Au guichet, la même femme aux épaules carrées lui prit son dossier de ses bras découverts. Elle ne parut pas la reconnaître. Bibiche fixait sa chair blanche et molle sans oser lever les yeux.

— Il y a un problème ou je me trompe peut-être. Vous dites vous appeler madame Anita Makwanga. Or, vous ne portez ni le nom de votre père ni celui de votre mère. Votre mari aussi a un autre nom. Est-ce un passeport d'emprunt, madame ?

Bibiche vacilla sur ses jambes. Elle tenta d'articuler quelque chose, mais aucun son ne sortit. La femme au guichet soupira, agacée de voir les yeux de Bibiche s'embuer.

— C'est pour vous que je dis ça, vous aurez une APS qui ne sera même pas à votre nom. Votre vrai nom.

— APS ?

— Oui, une autorisation provisoire au séjour… C'est ça, regardez ! C'est ce que vous êtes venue demander !

La femme brandit le papier patiemment rempli. Pourtant, Armand, l'oncle de Marguerite ne lui avait-il pas conseillé de ne surtout pas révéler son identité ? « Il vaut mieux que tu gardes ton nom d'emprunt, celui du passeport, sinon tu passeras pour une menteuse », avait-il prédit, la veille.

— Comment vous appelez-vous, madame ? Reprenez-vous, bon sang !

— Je suis Bibiche… Bibiche Nyandu Bilonda, répondit-elle au bout d'un long moment d'hésitation.

— Je vous redonne un formulaire, d'accord ? Remplissez-le le plus précisément possible. Et revenez cette semaine, j'essaierai de vous éviter la queue.

C'est ainsi que la femme derrière son guichet, imperturbable, regarda cette curieuse créature mi-femme mi-enfant repartir au bord des larmes. Bibiche s'enfuit avec un nouveau formulaire à la main, effrayée à l'idée de s'être fait piéger une fois de plus.

Allongée sur son matelas, elle tenait son passeport ouvert près de son visage. Une Bibiche frêle l'observait de ses grands yeux. Anita Justine Makwanga. Elle avait envie d'être Anita Makwanga, la vraie. Renaître et se réinventer. Choisir ce nom-là pour elle, nourrisson qui ne répond encore à aucun prénom. Dans Anita, il y avait comme une joie qui s'imposait, une envie de le prononcer à haute voix.

Le formulaire était en fait un fascicule de l'Ofpra qui faisait une dizaine de pages, un cahier entier. Était-ce ainsi qu'on obtenait une protection en France ? Elle devait tout lister. Son parcours, ses diplômes, ses frères, ses sœurs, ses parents, son adresse, ses voyages avant d'arriver en France.

La nuit, insomniaque, elle passerait de longues heures à le remplir avec soin. Coucher son histoire sur papier, c'était aussi dire adieu à cette identité d'emprunt, c'était accepter de ne pouvoir échapper longtemps à son histoire. La fonctionnaire de la préfecture semblait insinuer qu'un devoir de vérité s'imposait vis-à-vis de l'Administration, de la France, peut-être. Elle dirait la vérité sur tout, Dieu en était témoin : ses parents, son conjoint, son engagement. Une confession libératrice. Mais par où commencer ? Jusqu'où aller ? Fallait-il mentionner sa sœur Bella qui n'avait vécu que trois ans ? Quant à Aristide, son demi-frère, il s'agissait bien d'un véritable frère pour elle, mais quelle valeur cela avait-il en France ?

Restaient ces deux pages blanches sur lesquelles il fallait faire le « récit » de ce pan de vie l'ayant conduite à demander l'asile. Point de vie nouvelle à imaginer sur les lignes de ce cahier. Pourtant, Marguerite lui conseillait d'en rajouter, d'exagérer son engagement.

— Dis que tu es indignée depuis ta plus tendre enfance par la situation de ton pays. Dis que tu veux vivre en liberté. Dis que la France est le pays des droits de l'homme ! C'est comme ça que ça marche.

Bibiche ne se rappelait pas cette impulsion-là, celle qui l'animait alors suffisamment pour tenir debout, pour désirer quelque chose aussi fort qu'une démocratie. Désormais, cela lui était bien égal. Elle voulait surtout vivre tout court, car vivre captive, ce n'était pas vivre.

Je suis Bibiche. Je suis née à Kinshasa dans la commune de Bandalungwa. Je suis d'ethnie luba. Je suis arrivée en France il y a trois mois.

Euh, pas tout à fait, quatre.

Je m'appelle Bibiche. Je suis née à Kinshasa dans la commune de Bandalungwa. Je suis d'ethnie luba. Je suis arrivée en France il y a quatre mois.

Voilà ce à quoi travaillait Bibiche au cours de ces épisodes nocturnes : sélectionner ce qu'elle pouvait dire d'elle sans trop s'avancer. Elle notait des éléments, se grattait les mains à se les rendre rouges, habitude prise en prison, puis reprenait les choses de zéro. Quand venait l'aube, elle filait enfin sous les draps.

Il y avait un monde entre cette femme à la trentaine passée, aperçue rarement dans le reflet d'un miroir, et celle qu'elle se sentait être. Elle ne se reconnaissait pas, se tirait de temps à autre les cheveux. Lui demeuraient en main une ou deux fausses nattes, comme restaient sur le papier ces phrases griffonnées à la lueur de la veilleuse. Oui, elle tressait des faux-semblants qu'elle déposait sur ce formulaire. Sur les lignes horizontales du cahier, Bibiche aurait voulu s'allonger : coucher ce corps qui ne lui appartenait pas. Ce corps qui, pourtant, aurait parlé davantage que le récit de cette femme. Elle aurait voulu coucher sur ce papier ses os, son odeur, ses cicatrices, ses cuisses endolories, puis effacer le tout d'un coup de gomme.

— C'est tout, Bibiche? C'est tout ce que tu as à raconter? lui demanda Marguerite.

— Oui, c'est mon histoire. Avec ça, j'aurai le statut.

— Je ne sais pas si tu auras le statut... Rajoute quand même que la France est le pays des libertés, comme t'a dit mon oncle, d'accord?

Son oncle était de nouveau venu la veille pour prodiguer ses conseils. Cet homme qui portait toujours le même costard gris, froissé par endroits, assurait aider des dizaines de compatriotes à obtenir «le statut», selon ses propres termes. Il s'était adressé à elle en lingala, ce qui l'avait déstabilisée. Cette langue, qu'elle n'entendait maintenant qu'en de rares occasions, ne résonnait plus comme une douce musique. Il lui avait proposé de corriger son récit, ce qu'elle avait refusé. Elle n'avait plus le choix, elle devait y arriver, pour Marguerite. Cependant, ses idées se mélangeaient. Elle avait volontiers envie de mentionner Bella, car elle s'en souvenait très bien.

Madame, Monsieur.

Rature.

Monsieur le Président.

Rature.

Monsieur le Directeur.

Ajout.

Elle copiait ce qu'il y avait d'écrit sur le dossier : *de l'Office de Protection des Réfugiés et des Apatrides. Je suis venue vous demander en France une protection, car ma vie est en danger.*

Rature.

Je crains pour ma vie.

De nouveau :

J'ai quitté mon pays, car je crains pour ma vie.

Pause. Par où fallait-il commencer ?

Je viens de Kinshasa.

Non.

Je viens du Congo Kinshasa.

Plutôt :

Je viens de la République démocratique du Congo, de la commune de Bandalungwa à Kinshasa.

Voilà.

Mon père était commerçant, ma mère femme au foyer. J'ai deux sœurs et un frère, je suis la troisième de la famille. Mon père s'est marié deux fois, il est mort en 2000.

À la demande de Marguerite, elle avait finalement barré « s'est marié deux fois » pour rectifier : *mon père s'est séparé de sa première femme, puis il a épousé ma mère.*

— Il vaut mieux pas qu'on croie que ton père est polygame. Il est chrétien, non ?

— Oui, oui…

Bibiche avait déjà perdu le fil de son récit.

J'ai commencé à militer à l'Union pour la Démocratie et le Progrès Social (UDPS) en 2006. J'ai vu mon père aussi militer, aller en prison plusieurs fois, malgré cela j'étais intéressée par l'UDPS. Je voulais la démocratie pour mon pays, alors j'avais confiance en l'UDPS qui était l'avenir et j'ai pris ma carte de membre. J'assistais régulièrement aux réunions dans ma section de Bandalungwa. J'aidais comme je pouvais.

— Bibiche, tu étais en charge de la propagande, non ? Tu devrais l'expliquer, sinon ça ne veut rien dire. Tu te rappelles ce qu'il t'a dit, mon oncle ? Tu n'auras pas de protection si tu n'en rajoutes pas un peu. Tu dois montrer que tu avais un véritable rôle.

— Oui, mais… c'était pas vraiment une fonction officielle…

Rature.

J'étais en charge de la propagande.

Bibiche se souvenait peu à peu des détails.

Je peignais des slogans sur des banderoles et je distribuais des tracts. J'ai fait ça jusqu'à mon arrestation.

— Explique-leur, Bibiche, toute l'histoire. D'accord ?

— Oui, je vais essayer.

Ce jour-là, nous étions tous présents pour accompagner notre leader Étienne Tshisekedi à la Commission électorale nationale indépendante (Céni). Nous soutenions sa candidature à la présidentielle. Rapidement, c'est devenu la pagaille et nous avons été chassés par le Parti du peuple pour la reconstruction et la démocratie, le parti au pouvoir. Je tenais la main d'une amie de l'UDPS, je suis tombée et, à ce moment-là, on m'a attrapée et jetée au cachot.

Le point de départ de l'histoire était en réalité une chute. L'histoire de sa chute. Trébucher comme une enfant, d'un ridicule qui tue à petit feu. Vaciller comme une femme qui s'accroche à un idéal. Entre trébucher et vaciller, il y avait cet espace qui permettait le vertige et l'amnésie.

J'y ai passé cinq mois dans des conditions difficiles. Je me suis enfuie grâce à ma famille qui a payé un officier pour éviter mon transfert. Quand je suis sortie, je n'avais plus le choix. Ma famille m'a dit que je devais quitter le pays, alors je suis venue en France pour demander une protection. Je suis passée par Brazzaville, et je suis arrivée ici par avion, avec une personne payée pour m'accompagner et un passeport d'emprunt. Une fois arrivée à l'aéroport, je me suis retrouvée seule. J'ai pris le train jusqu'à Paris, et là, avec mes bagages, j'ai dormi dans la gare. J'ai rencontré une femme qui m'a aidée et hébergée presque un mois plus tard.

Alors qu'elle recopiait le récit au propre, dans son dos, Marguerite continuait de soupirer. Bibiche avait beau se creuser la tête, elle ne savait pas quoi ajouter. Trop de détails lui échappaient.

— Mets des dates, c'est important, Bibiche, les dates, lui avait seriné l'oncle Armand.

— Ah bon ?

Elle ne saisissait pas bien pourquoi, mais elle fouilla sa mémoire, puis Internet, pour retrouver la date du rassemblement. Les dates avaient au moins le mérite du chiffre, de la raison, de l'absence d'équivoque. C'étaient les mêmes, ici ou ailleurs. Une date permettait de trouver un point d'accroche entre deux inconnus l'un à l'autre, entre l'Administration et elle.

6

— Tu es belle sur cette photo !

— Fais voir !… Non tu étais trop maigre !

— Oui, c'est vrai, reconnut Bibiche.

— Maintenant, tu es parfaite ! J'aimerais bien te ressembler, avoir des pommettes comme les tiennes ! Elles sont bien dessinées, ça te fait un visage… classe.

— Et pourquoi il y a écrit que tu t'appelles Anita ? demanda Teddy.

— Je ne sais pas. Ce n'est pas moi qui ai fait mes papiers.

— Il faut t'appeler Anita, alors, maintenant !

— Si vous voulez. Pourquoi pas ? C'est joli, je trouve.

Résolue à changer, elle avait refait des photos d'identité la veille, coiffée d'une perruque de petites tresses fines et rousses, empruntée à une amie de Marguerite. Les grands yeux restaient les mêmes, néanmoins les joues étaient plus pleines. Ses tresses couleur cuivre éclairaient son visage sans joie. Sa bouche charnue semblait comprimée comme une fleur qui attendrait d'éclore.

Teddy et Jasmine se disputaient quand elle leur présenta le goûter.

— Ça suffit ! cria-t-elle alors qu'ils se donnaient des coups de pied.

Bibiche ne supportait pas ces coups qu'on assénait sous la table ou derrière les portes closes. Les enfants stoppèrent net, ahuris par cette voix forte qu'ils n'avaient jamais entendue.

— Pardon, dit-elle aussitôt, les yeux baissés. C'est l'heure du goûter, d'accord ?

Elle avait oublié cette relation si particulière au sein d'une fratrie : ce mélange de jeu, de violence et de confiance. Cette certitude que, malgré toute la douleur qu'ils pouvaient s'infliger, physique ou psychologique, il resterait toujours assez d'amour. C'est peut-être ce qu'elle avait perdu de plus précieux, à Kinshasa : l'assurance d'avoir toujours quelqu'un pour la relever, quelle que soit la violence de la chute.

Chaque après-midi était désormais consacré à la relecture des brouillons rédigés à tâtons la nuit précédente. Elle travaillait mieux quand les enfants faisaient leurs devoirs à ses côtés. Dans ces moments, elle pouvait mettre à plat son histoire sans avoir à faire des efforts pour se concentrer.

Ma sœur Bella est morte à l'âge de trois ans à l'hôpital. Mon frère Stanislas s'est marié et il est chauffeur de camion. Ma sœur Viviane a repris le commerce de mon père. J'ai arrêté mes études à l'université, au décès de mon père.

Elle avait cinq ans quand était partie Bella. Elles jouaient ensemble, portaient les mêmes robes, et, parfois, on les prenait pour des jumelles. Bella, toujours prête à rire et à chahuter, du jour au lendemain semblait fatiguée. Puis elle s'était mise à tousser, de plus en plus. Elle crachait du sang. Leur père l'avait emmenée à l'hôpital, mais était revenu seul. Sa mère n'avait jamais été la même depuis et répétait inlassablement : «Je suis maudite. Le malheur s'abat sur moi et seul Dieu me sauvera.» Bibiche, quant à elle, passait de longs moments à attendre sa compagne de jeu dans la cour, assise sur les fesses, la culotte toute poussiéreuse. Une attente qui avait duré des mois parce que personne ne lui avait expliqué ce qui s'était précisément passé. Le jour des funérailles, si tout le monde pleurait, elle en ignorait la cause. On ne l'avait pas laissée s'approcher. Puis, un jour, son frère Stanislas lui avait annoncé que Bella ne reviendrait plus.

— Elle est sous la terre.

— Ah, c'est comme ça quand on meurt? avait-elle demandé.

Une boîte en bois sous la terre. Bibiche aussi avait pourri cinq mois dans une boîte sous terre, elle était donc déjà morte. Quand auront lieu les retrouvailles? N'était-ce pas censé être au Jugement dernier? Ou alors, avait-il déjà eu lieu et le paradis était-il pour bientôt?

Bibiche avait appris la solitude du lit à la mort de Bella. Aussi loin qu'elle s'en souvienne, elles avaient toujours dormi serrées l'une contre l'autre, alors même que le matelas était suffisamment grand pour qu'elles n'aient pas à le faire. Il n'était pas rare que Bibiche se réveille avec le bras de Bella sur sa poitrine. Quoi de plus normal que de dormir avec sa sœur entremêlée à elle? Dormir seule était l'anomalie.

Par la suite, elle n'avait jamais retrouvé l'impression d'être entremêlée, d'être un tout. Au contraire, la pesante présence du mari, ou la triste cohabitation avec les codétenues, soulignait trop bien à quel point il y avait de la souffrance à ne pas savoir aimer ou à ne pas pouvoir sauver.

Dans la nuit noire, Bibiche jouait aux charades avec Bella. Mon premier est un poisson, mon deuxième un tonneau, mon troisième la dixième lettre de l'alphabet, mon quatrième une conjonction, et mon tout est ce que je vais devenir. Elles riaient. C'était si bon de se retrouver. Bibiche était là et en vie. Dieu merci.

Son récit achevé, elle s'apprêtait à signer Anita, perdue entre cette identité d'emprunt et sa véritable histoire, finalement peu reluisante à ses yeux. D'une main tremblante, elle finit par écrire « Bibiche ».

Quelques semaines plus tard, alors qu'elle pensait son calvaire presque fini, la préfecture de Paris refusa de prendre son dossier.

— Maintenant que vous êtes hébergée en Seine-Saint-Denis, c'est à Bobigny que vous devez faire la queue ! On ne peut plus s'occuper de vous !

Sa vie n'était qu'une succession de démarches, de semaine en semaine, de mois en mois. On testait peut-être sa capacité à résister. L'Administration ignorait qu'elle testait elle-même sa volonté de survivre. Sur le récépissé, sa nouvelle tête, dessous son identité. Bibiche, et personne d'autre. C'était ainsi, elle ne disposait que de deux possibilités, se réconcilier avec elle-même, ou se détruire.

7

Récit. Récépissé. Statut.
Réfugiée.
Raté. Reçu.
Statut. Statue ?

Ces mots qui, dans le quotidien de Bibiche, prenaient une place insidieuse. Ceux souvent entendus pour la première fois à un guichet. Les premiers mots dans sa bouche de nouvelle-née. Elle s'en drapait pour se réchauffer et garder confiance. Bibiche s'emmêlait les pinceaux. Son cerveau amnésique était désormais dyslexique.

Peu à peu, les lettres dansaient la nuit autour d'elle, formaient des anagrammes d'espoir. Elle répétait ces mots, les seuls enfin assimilés, dans la perspective que, un jour, l'Administration, sa mère d'adoption, l'applaudisse enfin. « Bravo Bibiche ! »

APS. Ofpra. Ofii. Ata. Cada. CNDA. APS. Ofpra. Ofii. Ata. Cada. CNDA. APS. Ofpra. Ofii. Ata. Cada. CNDA.

Autorisation provisoire de séjour, comme pour dire à Bibiche qu'elle devait compter les jours.

Office français de protection des réfugiés et apatrides serait l'antre où l'on mobiliserait toutes les ressources françaises disponibles pour sauver Bibiche.

Office français de l'immigration et de l'intégration, celui-là ne sonnait pas comme une douce promesse, c'était plutôt la contrepartie d'une protection.

Il y avait aussi, subrepticement, dans la bouche d'oncle Armand, la Cour nationale du droit d'asile. Ça, elle ne comprenait pas bien.

Allocation temporaire d'attente, parce que le temps lui paraissait à la fois long et suspendu. Cela dit, l'attente n'était que « temporaire », et, pour le prouver, ces trois cents euros par mois qui lui rappelaient qu'on ne l'oubliait pas, qu'on la traitait avec dignité.

Centre d'accueil pour les demandeurs d'asile était l'anagramme qui la terrorisait le plus. Un foyer sans chaleur. L'employé de l'Ofii lui avait fait comprendre qu'elle pourrait être placée n'importe où, pas seulement à Paris ou aux alentours. N'importe où en France... Elle savait à peine situer Paris et, maintenant, elle allait devoir apprendre la carte de la France entière.

Les paperasses n'en finissaient plus. Grâce à l'allocation de l'État, elle se sentait pour une fois utile, responsable. Elle faisait des courses pour la famille, achetait elle-même son crédit Lebara mobile et parvenait aussi à mettre un peu d'argent de côté. C'était la même sensation que lors de ses vingt ans quand, avec son mari, elle avait pris un studio payé en partie par son salaire de secrétaire. Bibiche s'était également acheté trois perruques. Elle était arrivée en France les cheveux courts au naturel, coupés rapidement pour le faux passeport. Elle possédait désormais une perruque de petites nattes auburn, une de cheveux longs et lisses, et une autre de mèches bouclées sous les oreilles. Chaque fois qu'elle mettait le nez dehors, elle en changeait au gré de ses humeurs, devenait dans l'instant, et de façon artificielle, une autre. Cet accessoire, porté à Kinshasa par coquetterie, la protégeait à présent du regard des autres. Elle ne s'aventurait jamais dehors sans but précis, et, anonyme sous sa perruque, elle en oubliait presque l'animation oppressante de la rue.

La nouvelle tomba finalement par un lundi ensoleillé de juillet : une chambre l'attendait en foyer.

— Tante Bibiche a trouvé une maison ! C'est bien les enfants, il faut être contents pour elle.

— C'est pour ça que tu as l'air triste, Maman? demanda Jasmine.

— Non, je suis pas triste, je suis heureuse pour elle. Elle va nous manquer, c'est tout.

— Moi aussi, ça me fait de la peine. Ce sera triste sans toi le soir... Tu reviendras nous voir, j'espère ! dit-elle en se tournant vers Bibiche.

— Quand tu auras ton statut, tu reviendras chez nous et on fera une fête !

Cela faisait déjà plus de trois mois qu'elle vivait chez Marguerite. Après l'instabilité de la rue, elle avait enfin ses marques. Elle reconnaissait les bruits extérieurs, les horaires des enfants, les voisins de palier.

Une peine immense l'envahit en imaginant Teddy et Jasmine seuls dans l'appartement l'après-midi, au retour de l'école.

Marguerite l'avait accueillie comme si Bibiche faisait partie de la famille, avait refusé une partie de l'allocation qu'elle souhaitait lui verser. Elle régnait dans son foyer avec une assurance et une tendresse que Bibiche n'avait reçues, et encore moins offertes, depuis longtemps. Bibiche était la troisième enfant, celle qui avait débarqué sans prévenir, alors qu'il n'y avait que deux chambres déjà bien encombrées. Sans Marguerite et les enfants, elle aurait pu sombrer. Elle n'avait, cependant, pas réussi à se débarrasser d'une jalousie coupable en observant la vie de son amie, et c'était là la seule raison qui l'encourageait à partir. Constamment renvoyée à ce qui était perdu et qu'elle ne retrouverait jamais, Bibiche était en régression permanente. Dès qu'elle apercevait une caresse de Marguerite à sa fille, elle s'imaginait en recevoir de sa mère. Celle-ci était la seule personne au monde à pouvoir la rassurer d'un regard, la réconforter d'un simple mot. Elle l'appelait parfois dans son sommeil. Et quand Marguerite insistait auprès de Teddy pour qu'il apprenne ses leçons, elle entendait son père psalmodier sur l'importance de faire des études. Oui, elle était incessamment renvoyée à cette identité perdue.

Il y avait aussi la vie de Marguerite, celle d'une femme très occupée qui faisait ressurgir le passé de Bibiche. Ce passé durant lequel elle avait veillé sur les jeunes militants comme s'ils étaient ses petits frères et sœurs. Elle avait aussi pris soin de son mari avec patience et compréhension, pourtant, ça ne l'avait pas empêché de la quitter. Aujourd'hui, elle ne se sentait plus capable de donner autant, alors même qu'elle n'avait plus d'estime pour sa personne. Bibiche se jura de prier chaque jour pour ces trois anges.

Bibiche aurait dû se réjouir, consciente du privilège d'avoir obtenu une place en foyer quand beaucoup de demandeurs d'asile continuaient de dormir sous les ponts. Cinq mois plus tôt, elle avait connu cette errance dans les rues d'une France étrangère. Et là, cette France lui offrait une chambre à Stains. *Stains?* Une ville au nord de Paris qu'on pouvait rejoindre par le RER, d'après Marguerite, qui l'emmena le week-end suivant avec sa petite voiture. Elle voulait lui montrer que les distances étaient courtes. Bibiche n'était pas rassurée pour autant.

— Qu'est-ce que c'est ça, déjà?

— Ça? C'est un tramway.

— Ah oui. Bien sûr.

— C'est comme un petit train ou un petit métro. Je préfère les tramways quand même, parce qu'on peut tout voir. Tu penses pas?

Bibiche, elle, en avait vu assez. Malgré tout, elle s'efforça de sourire.

— Marguerite, j'ai jamais osé te le demander, seulement j'aimerais savoir pourquoi tu as voulu aider une inconnue comme moi. C'est parce que je suis de RDC?

— Congolaise? Ah ça non, c'est pas écrit sur ta figure!

Marguerite semblait à la fois étonnée et amusée par cette question.

— En plus, tu sais, même si mon père aussi est congolais, je ne connais pas du tout ce pays. Il en parlait peu.

— Alors pourquoi ?

— Je t'ai vue plusieurs fois en allant au travail. Tu avais l'air triste. Je n'ai pas eu pitié, au contraire. Tu semblais seule, abattue et, en même temps, tu ne demandais rien. Je sais pas... ça m'a bouleversée. Tu étais belle et digne. Je me suis imaginée à ta place, et j'ai pas supporté.

— Mais je n'étais qu'une vagabonde !

— Ça, c'est ce que tu crois. Je me suis simplement dit : elle pourrait être ton amie, cette fille assise là-bas. Tu vois, il faut suivre son instinct, parfois. Les enfants t'ont adoptée, tout comme moi.

— Merci encore, ma bienfaitrice. Vraiment, merci pour tout.

— De rien. Par contre, ne m'appelle plus « ma bienfaitrice » s'il te plaît !... Maintenant tu vas changer de vie, il faut continuer à avancer. Si tu veux t'intégrer, c'est comme ça que ça marche. Ça commence par les papiers, puis le logement. Tu vois, tu es sur la bonne voie. Toujours progresser, franchir des étapes. Sinon, tu vas vite te sentir perdue en France. Je suis sûre que tu trouveras des compatriotes pour t'épauler. Surtout, tu auras l'aide administrative qui te manque. Et puis, si tu as besoin, nous on ne bouge pas.

Il fallait lâcher la main de Marguerite pour s'assumer. Marcher seule, pas à pas. Pour rien au monde elle ne devait revenir en arrière, ou alors si, peut-être dix ans en arrière, et choisir d'aller plus souvent au temple qu'aux réunions politiques, par exemple. Sa sœur Viviane avait bien eu raison de la sermonner. Bibiche était tombée sur le boulevard du 30-Juin et avait entraîné avec elle tant de monde dans sa chute.

Avancer? Mais qu'y avait-il droit devant? Une ville qui ne paraissait pas en être une. Des maisons qui ressemblaient à des usines. Un pays qui n'était pas le sien.

Deuxième partie

« Il n'y a qu'une nécessité, la vérité ; c'est pourquoi
il n'y a qu'une force, le droit.
Le succès en dehors de la vérité et du droit
est une apparence. »

Ce que c'est que l'exil, Victor Hugo

8

Il était temps pour Bibiche de déballer ses affaires. Elle en avait si peu, trop peu. C'était sûrement plus simple ainsi, quitter Marguerite, son matelas fin, ne garder que son corps lourd, qu'elle trimballait partout et qui semblait trouver une place, malgré tout.

L'accueil enthousiaste des agents du foyer l'embarrassait. Un homme et une femme, tous les deux blancs, étaient venus l'attendre à la gare. Ils souriaient beaucoup.

— Je suis Sophie et lui, c'est Xavier. On est travailleurs sociaux au Cada, on est là pour t'aider dans tes démarches et dans ta vie au foyer ! lui expliqua la jeune femme.

— Bonjour madame, bonjour monsieur.

Ils lui montrèrent les locaux : deux salles communes, prévues pour les repas et les activités, étaient séparées d'autres bureaux contigus, réservés aux travailleurs sociaux.

— C'est ici qu'on vous reçoit individuellement. Il faudra que tu viennes me voir, ou Xavier, pour qu'on fasse le point sur ta situation, d'accord ?

— D'accord.

— Pour le moment, on va te montrer ta chambre, pour que tu puisses t'installer tranquillement.

Sa chambre se trouvait à l'arrière du bâtiment principal, au quatrième étage d'un immeuble rectangulaire. Un long couloir donnait sur plusieurs portes.

— Ici, on a des petites chambres individuelles. Suis-moi, c'est au bout du couloir.

Seules deux portes étaient ouvertes. Dans une des pièces, une fille se faisait tresser par une autre, devant la télévision allumée. Une jeune fille, curieuse, sortit de la seconde.

— Bonjour Dinah ! Tiens, je te présente Bibiche, ta nouvelle voisine de palier. Elle est aussi de RDC, figure-toi !

La jeune fille se contenta de la dévisager. Vêtue d'un pyjama turquoise dans lequel elle flottait, cette jolie gamine semblait avoir à peine quinze ans. Elle retourna s'asseoir sur son lit sans fermer la porte. Sophie saisit la clef restée dans sa poche pour lui présenter sa chambre exiguë, contenant un lit une place. Une unique fenêtre donnait sur davantage de bâtiments gris et un ou deux arbres dans une grande cour. Une petite table agrémentait la pièce tandis qu'un vieux meuble, prévu sans doute pour une télévision, était posé contre le mur. Sophie désigna une porte près de la fenêtre, que Bibiche n'avait pas remarquée.

— Tiens, dans ce placard, tu pourras ranger tes vêtements et même ta valise. Bon… Je te laisse les clefs. Prends tes marques. On se voit bientôt, de toute façon. Dinah ou les autres femmes à cet étage t'expliqueront comment se passe le repas du soir. Tu peux leur demander ce que tu veux, je suis sûre qu'elles t'aideront.

Elle contemplait Bibiche en silence, comme pour y déceler une quelconque joie ou, au moins, du soulagement.

— Oui... Merci, madame Sophie.

— Appelle-moi Sophie tout court. Allez, à bientôt !

Bibiche referma la porte derrière elle. Elle n'avait rien d'autre à faire que traîner son sac sur le sol et ranger ses affaires une à une dans le placard. Dix minutes à peine.

Seize heures trente. Assise sur le lit, à l'étroit entre ces murs d'un blanc sale, Bibiche se demandait comment renaître, une fois de plus, dans cet espace. Ces quatre murs, elle devait en faire des alliés, avant qu'ils ne prennent le dessus. Cette ville, ce foyer, cette chambre l'étourdissaient.

Elle se coucha et découvrit avec plaisir qu'à cette heure de l'après-midi les rayons de soleil pouvaient venir lui chatouiller les narines. Elle se déchaussa pour mettre ses pieds nus sous les rais. Le soleil se couchait encore tard à cette période de l'année, ce qui rendait ses nuits sans sommeil plus supportables.

Dix-huit heures. Bibiche osa enfin pointer le bout de son nez dans le couloir. La porte de Dinah était entrouverte. La jeune fille, installée sur son lit, écrivait dans ce qui ressemblait à un journal intime.

— Bonjour, ça va ? Tu veux entrer ? J'ai pas fermé la porte parce que je me suis dit que tu allais peut-être passer.

Bibiche était stupéfaite par la façon dont elle lui parlait. Au Congo, les plus jeunes s'adressaient à elle avec plus de réserve. Ici, tout était différent, les anciennes normes n'avaient plus lieu d'être.

Elles étaient toutes réduites au même « statut » ou, plutôt, à la même absence de statut, quels que soient l'âge, l'origine, ou le rang social.

La chambre était recouverte de pagnes colorés. Sur une table basse étaient posés des vernis et un nécessaire à ongles.

— C'est quoi ton prénom, déjà ?

— Bibiche.

— Tiens, au pays, j'avais une tante qui s'appelait comme ça. Ici, on dirait que c'est rare… Tu viens de Kinshasa ?

— Oui, et toi ? Moi je suis de la commune de Bandalungwa.

— Ah d'accord ! Je vivais à Limete… Tu es en France depuis longtemps ?

— Depuis le début d'année. J'étais chez une amie à Villemomble.

— Ah oui, ça fait pas longtemps ! Moi, je suis en France depuis plus d'un an. À ma majorité, j'ai dû m'installer dans ce foyer, ajouta-t-elle en riant. J'ai pas beaucoup d'amies, ici. J'ai quitté toutes mes copines du foyer pour mineures.

— *Oza na mbula boni*[1] ?

— Dix-huit ans. Je vais à l'école, j'étudie le commerce. J'aurais préféré la coiffure ou le métier d'esthéticienne, c'est plus sympa. Mais j'avais envie de faire plaisir à ma mère en faisant des choses plus sérieuses. Après on verra, peut-être que j'ouvrirai un salon de coiffure. Sophie a dit que tout est possible si je suis assidue. Tu as faim ?

1. « Quel âge as-tu ? »

— Oui, un peu.

— Il faut descendre avant vingt heures. Moi, j'y vais à dix-neuf heures car je trouve qu'il y a plus de choix. Attends-moi dans ta chambre, je viens te chercher dans dix minutes. Je vais m'habiller.

— D'accord.

Bibiche, hésitante, retourna dans sa chambre. Il n'y avait pas encore de miroir pour vérifier quelle tête elle avait. Fallait-il qu'elle se change? Elle portait le jean de Marguerite, ses baskets et un tee-shirt violet. Non, elle était tout à fait convenable. Elle patienta finalement dans le couloir.

Dinah avait troqué le bas de son pyjama contre un pantalon et ses chaussons contre des sandales. Sous son foulard, ses cheveux lissés au carré s'échappaient.

Bibiche découvrit le réfectoire, le self-service, ainsi que les salles à manger.

— Il y en a qui emportent leur repas dans leur chambre. Je suis pas sûre qu'on ait le droit. En tout cas, moi je le fais de temps en temps quand il y a des sandwichs, par exemple. Bien sûr, on peut aussi se faire soi-même à manger. À notre étage, il n'y a que des femmes seules. Mais, en général, c'est plutôt des familles qui sont en foyer.

Non loin d'elles, une famille dînait et des enfants jouaient à côté.

— Eux, ils sont gentils, je les aide pour le français. Ils viennent d'Albanie. Tu connaissais ce pays? Pas moi. Il y a aussi des gens du Sri Lanka, beaucoup d'Africains, du Congo, de Côte-d'Ivoire. Au quatrième, avec nous, il y a une Guinéenne, elle est très gentille.

Deux Ivoiriennes. On est quatre Congolaises, une femme du Kosovo qui a appris vite le français, et une autre qui parle pas beaucoup. Je crois qu'elle est du Sri Lanka. Ou d'Inde, peut-être.

Dinah débitait un flot de paroles intarissable, une berceuse aux oreilles de Bibiche.

— Tiens, super, il y a des fruits frais. Cuisses de poulet… Pourquoi pas ? Viens, tu peux te servir ici.

Assises à une table, près d'un fils et de son père, elles mangeaient du poulet trop cuit. Dinah continuait de lui expliquer le fonctionnement du foyer. Bibiche, encore troublée par tant de changements, écoutait à moitié, sélectionnait les informations à retenir. Elle se sentait déjà plus légère à son contact.

— Tu as des enfants, Bibiche ?

— Non.

— Pourquoi ?

— C'est comme ça. Dieu a décidé que je n'étais pas prête, sans doute.

— Je vois.

— Et toi, où sont tes parents ?

— Mon père est en prison. À Makala, je crois. Ma mère est morte. Ma sœur a été recueillie quelque part, je ne sais pas trop où. Je suis venue toute seule ici. C'est mon oncle, le frère de ma mère, qui m'a aidée. Il n'y avait pas d'autre solution pour moi.

— Oh, désolée. Ta mère doit te manquer.

— Oui, évidemment. Énormément. J'ai quitté le pays trois jours après sa mort. Ma petite sœur est restée à l'hôpital. Quand j'aurai le statut, je la ferai venir. Je l'ai déjà dit à Sophie. Bon… Il faudra peut-être que je trouve du travail d'abord et un appartement à moi.

Ma psychologue a dit que je dois d'abord construire ma vie.

Dinah s'esclaffa, comme souvent, à la fin de ses phrases.

— Je n'avais jamais vu de psychologues en RDC. Ici, en tout cas, c'est un métier important. Tu en rencontreras peut-être. Il y en a deux qui passent au foyer, et il y en a aussi en dehors dans des centres.

Elle évoquait la mort de sa mère comme elle parlait des raisins, « son nouveau fruit préféré ».

— Je trouve que ce sont des fruits propres. On les mange sans se salir, et moi j'ai horreur de la saleté. Je nettoie beaucoup ma chambre. J'ai demandé à pouvoir changer mes draps tous les jours, malheureusement on m'a dit que c'est impossible. C'est pour ça que j'emporte rien d'autre que des sandwichs emballés dans ma chambre.

Pour la première fois depuis longtemps, Bibiche avait envie de rire. Au lieu de ça, elle sourit discrètement. Le débit de Dinah lui rappelait Francine, sa jeune camarade de l'UDPS, qui l'avait suivie jusque dans les cachots de Lufungula. Elle avait toujours des anecdotes à raconter et sa volubilité lui avait beaucoup coûté en prison.

Après avoir testé la douche commune de son étage, Bibiche n'eut rien d'autre à faire que de retourner dans sa chambre. Elle avait encore du mal à réaliser qu'elle avait investi un nouveau lieu. Beaucoup de choses s'étaient passées en un après-midi. Elle se retint d'appeler Marguerite. Les heures défilaient. Assise sur son lit, recouverte de son pagne, elle redoutait la nuit. Dans cet espace confiné, elle se sentait coincée, séquestrée, isolée. Elle ne reconnaissait rien. Recroquevillée dans la position du fœtus, au-dessus des draps, c'est ivre de ses larmes que Bibiche finit par s'endormir.

9

« Réveille-toi ! Il est sept heures. » Dinah pianotait doucement sur la porte, comme le lui avait demandé Bibiche.

Celle-ci devait encore effectuer un voyage à la préfecture, et elle se coiffa pour l'occasion de sa perruque lisse. Elle s'habituait désormais à ces rendez-vous auxquels elle se rendait tous les trois mois pour renouveler son titre de séjour. Elle pointait pour ainsi dire sous la surveillance de l'administration française. Ces convocations avaient pour unique vertu de rythmer l'attente. Entre-temps, l'allocation avait été réduite de moitié, car le foyer la prenait en charge. Ne lui restaient que quelques centaines d'euros sur son compte de la Banque postale.

Son audience à l'Ofpra était fixée au mois suivant. En principe, tout serait bientôt réglé. On devait entendre son histoire de vive voix avant de lui accorder le statut de réfugié. Elle tiendrait bon jusqu'à cette date. La vie chez Marguerite lui manquait, néanmoins, elle s'était créé de nouveaux rituels.

Rapidement, Dinah et Bibiche avaient pris l'habitude de se rendre visite. La chambre de Dinah était plutôt la pièce où l'on ne faisait que passer. Bibiche n'y restait jamais longtemps. Cette chambre lui faisait l'effet d'un refuge d'adolescentes, de ceux où l'on prend garde à ne pas pénétrer sans précaution. Dinah s'y enfermait parfois avec une certaine gravité, comme si elle s'apprêtait à y déterrer un trésor enfoui.

La plupart du temps, elles se réunissaient plutôt dans la chambre de Bibiche où le soleil faisait de longues apparitions. C'était devenu le théâtre de leur fausse légèreté. Elles y parlaient astuces beauté, programmes télé et ragots du lycée, rarement de leur pays. Dinah avait une faculté naturelle à illuminer l'endroit où elle se trouvait. Alors, Bibiche se rendait compte que régnait, dans ces moments-là, entre ces quatre murs, un semblant de normalité. Comme si leur vie avait toujours été celle-là : se retrouver sous la chaleur du soleil, dans cet espace restreint, pour se raconter à quel point les journées se ressemblaient.

— Tu as vu Dinah récemment ? l'interpella Sophie à son retour au foyer.

— Oui. Pourquoi ?

Bibiche craignait toujours une mauvaise nouvelle ou une complication dans son dossier, quand Sophie ou Xavier s'adressaient à elle.

— Je me demandais si tu pouvais essayer de lui parler. Elle traverse une mauvaise passe depuis une semaine. On a voulu la préparer pour son entretien à l'Ofpra, mais elle n'est pas venue, hier.

— Ah d'accord. C'est vrai que moi non plus je ne l'ai pas croisée depuis hier. Sa porte était fermée ce matin. Elle m'a simplement dit à travers la cloison qu'elle n'avait pas faim. Elle est pas allée en cours, il me semble.

— Il faut qu'elle reprenne du poil de la bête.
— Du poil de bête ?
— De la bête ! Ça veut dire qu'elle doit retrouver la forme.
— Je comprends. Je vais voir ce que je peux faire.
— Sinon, ça s'est bien passé, à la préfecture ?
— Oui.
— Il paraît que tu as préféré y aller seule. Sans Xavier.
— Oui. Ce n'est pas la peine de le déranger.
— Comme tu veux. Tiens-moi au courant pour Dinah.
— Bien sûr.

Bibiche se garda bien de lui expliquer que la présence de Xavier l'incommodait. Il était gentil, patient, toutefois les deux rendez-vous avec lui s'étaient mal passés. Ses cicatrices sur le visage l'indisposaient sans qu'elle sache pourquoi. Elle demandait chaque fois à ce que la porte reste ouverte au motif qu'elle avait trop chaud. Depuis, elle se rendait seule à la préfecture.

En montant les escaliers, Bibiche croisa Sifa, l'une des Congolaises de son étage, qui lui expliqua que Dinah était bien là. Ses deux voisines, venues du Nord-Kivu, s'exprimaient principalement en kiswahili. Elles s'invitaient parfois l'une et l'autre pour se faire les ongles.

Bibiche tapa deux ou trois fois à la porte de Dinah. Elle prétexta devoir emprunter son petit miroir. Dinah, en pyjama, finit par lui ouvrir avant de retourner s'affaler sur le lit.

— J'étais en train d'écrire dans mon journal. Désolée, c'est pour ça que je mets du temps à répondre. La psychologue a dit que je dois écrire régulièrement, que ça me fait du bien. Quand je n'ai rien à écrire, je fais des dessins... Tiens, voilà mon miroir.

— Tu dessines quoi ?

— Des visages. Des filles, par exemple. J'essaie aussi de dessiner des paysages imaginaires... C'est pas terrible. Regarde.

Elle lui montra le dessin d'une rivière et d'une forêt en arrière-plan.

— Très réaliste... Comment ça va, sinon ? Tu n'es pas sortie depuis hier, on dirait !

— C'est vrai, j'ai envie de voir personne. Je m'ennuie beaucoup en ce moment, et, quand c'est comme ça, j'ennuie les autres. T'inquiète pas, j'ai un paquet de biscuits dans mon placard.

— T'as pas oublié que nous sommes mercredi ? Tu viens dans ma chambre ce soir pour voir le feuilleton de l'ange gardien ?

— Oui, je viendrai peut-être voir la petite femme.

— Tu t'ennuieras moins, comme ça. Je te laisse écrire ton journal. Je vais faire ma lessive. À tout à l'heure !

Bibiche était seule dans la buanderie, face au hublot de la machine. Elle guettait la porte d'entrée. La dernière fois, deux Guinéens du foyer avaient surgi sans qu'elle les entende à cause du bruit de la machine. Elle en avait sursauté de frayeur.

Elle pensait à ce que Dinah lui avait dit sur l'ennui. Ce réel et profond ennui qu'elle ressentait elle aussi dans cette vie au foyer. Marguerite lui avait offert une petite télévision pour y remédier. À l'exception des aventures de l'ange gardien que Dinah et elle suivaient religieusement, Bibiche ne la regardait que très peu. Pourtant, le poste restait la plupart du temps allumé, d'autant que les nuits s'allongeaient. Bibiche évitait les programmes trop bruyants. Arte, une chaîne où les voix et les couleurs étaient douces, fut une heureuse découverte.

Quelques jours plus tôt, un documentaire sur cette chaîne avait décrit l'enfer de la prison Makala. Celle dont le seul nom faisait tressaillir les Congolais, et où on avait juré de la transférer. Bien sûr, elle n'en avait pas parlé à Dinah pour éviter de lui rappeler son père, qui y était détenu. Bibiche avait bien failli jeter le téléviseur par terre. Au lieu de ça, elle avait changé de chaîne et étouffé un cri dans l'oreiller. Cette image de son pays qu'on lui imposait était insupportable. Jusque-là, elle avait réussi à ne conserver que des souvenirs réconfortants, l'illusion d'une patrie bien-aimée. Cette nuit-là, elle n'avait pas dormi plus d'une demi-heure.

La machine finie, elle rapporta le linge dans la chambre, l'étala sur le lit et s'assoupit dessus, enivrée par l'odeur.

— Je peux entrer ?

— Bien sûr !

Dinah se posta devant la télévision.

— Je t'ai ramené du pain et du beurre. Il faut vraiment que tu manges.

— Oui oui. Tu me fais rire. On dirait ma mère.

— J'ai vu Sophie tout à l'heure. Je crois qu'elle aimerait que tu passes la voir, par rapport à l'entretien à l'Office.

— Oui, je sais. Mais j'ai pas vraiment envie. Je l'ai déjà vue il y a une semaine, et j'ai aussi vu Fatima la psychologue juste après. Ça fait du bien parfois de ne pas faire ce qu'on attend de toi ici. Tu trouves pas ?

— Je sais pas... Pour l'instant, ça va, on me demande pas beaucoup de choses.

— Ben, tu devrais essayer de te rebeller de temps en temps...

— Pourquoi tu dis ça, Dinah ? Qu'est-ce qui ne va pas ?

— Non, rien. Je suis juste un peu... fatiguée. J'attendais de passer devant l'Ofpra depuis tellement longtemps et, finalement, j'ai plus envie d'y aller.

— Courage, c'est bientôt fini. Après tout ce que tu as traversé, et seule en plus, cet entretien, c'est rien à côté. Tu auras l'esprit libre... Mange, maintenant.

Dinah, d'habitude si bavarde, se taisait automatiquement devant la télé. Les mercredis soir étaient devenus les moments préférés de Bibiche. En général, ces soirs-là, Dinah s'endormait sur son lit, et Bibiche la réveillait doucement pour la ramener dans sa chambre.

10

De l'autre côté de l'Atlantique, la campagne électorale battait son plein. Obama voulait briguer un second mandat et Bibiche espérait qu'il gagne. Il y avait tellement longtemps qu'elle n'avait pas ressenti ça : l'excitation politique, l'espoir militant. Retrouver un soupçon d'intérêt pour la chose publique était plus simple quand il ne s'agissait pas de son pays.

J'ai commencé à militer à l'Union pour la démocratie et le progrès social (UDPS) en 2006. Je savais que, militer, c'était risquer la prison, pourtant il y avait une réelle nécessité de le faire, à mon avis. Nous avions conscience que notre pays était riche, alors que la population n'en profitait pas. Je voulais la démocratie pour mon pays, et pour moi, l'UDPS était l'avenir, alors, comme mon père, j'ai pris ma carte de membre.

C'était son premier mois de novembre en France, un mois de grisaille, de vent qui se glissait dans sa chambre. Son propre esprit était un brouillard qu'elle tâchait de chasser : son audition devant l'Ofpra approchait à grands pas. Il fallait absolument qu'elle ordonne son passé. Son récit, qu'elle avait pris tant de soin à rédiger, lui paraissait, avec le recul, laconique. C'était une Bibiche venue d'un lointain pays que, déjà, elle ne reconnaissait plus.

Au début, dans ma section, je ne jouais pas de rôle particulier. Seulement, comme dans ma commune j'avais un bon réseau, du fait de l'église et de mon travail, j'ai commencé à avoir des rôles plus importants. J'étais une sorte de référente femmes et je réfléchissais à la propagande : les slogans, les visuels des tracts, mais aussi les lieux où les distribuer, par exemple. J'ai fait ça jusqu'à mon arrestation, le 5 septembre 2011.

Sur la chaîne Arte, les dégâts laissés par l'ouragan Sandy semblaient considérables. Elle avait de la peine pour les personnes touchées. Ces personnes dont la vie entière avait basculé à la suite d'un événement, un seul. L'avant et l'après. Cet après où l'on se sent dépossédé. Elle-même n'était qu'un corps flottant qui cherchait une identité à incarner. Dans l'avant, il y avait une Bibiche aux contours précis, dessinés par plusieurs années d'émancipation et de réflexion. Cette Bibiche-là était une défunte qu'elle continuait d'honorer, non par désir, plutôt pour persuader la France de son existence.

Tshisekedi, on l'appelait le fils du pays, c'est un Muluba. Il est présent dans le paysage politique depuis l'Indépendance. Il a parfois été Premier ministre, mais s'est retrouvé pratiquement tout le temps dans l'opposition. Nous avions une grande foi en sa candidature. Beaucoup de choses m'attiraient dans le programme, en particulier ses propositions pour les femmes et les étudiants. Ce jour-là, nous l'avons accompagné à la Commission électorale nationale indépendante (Céni). Hélas, je suis tombée, et on m'a jetée au cachot.

Et puis, à la télévision, la nuit, on parlait aussi beaucoup de la Syrie. D'un conflit. Un pays lointain qui aurait pu être le sien. Une guerre qui aurait pu avoir lieu sur le territoire de sa patrie. Les gens y disparaissaient, y étaient détenus, y étaient gazés. Bien que tout ce qu'elle entendait à la télé lui semblât irréel, son passé l'était tout autant. Alors, Bibiche pleurait sur tous ces gens qui, dans une autre dimension, souffraient. Tous ces gens qui, peut-être, se donnaient la main en prison pour ne pas sombrer. Mais, au petit matin, ces victimes, ces civils ne comptaient plus. Sa réalité à elle, c'étaient les chiffres, les dates, les heures. Les insomnies, les convocations. Et aussi, l'humeur de Dinah qui, enfin, était au beau fixe.

J'y ai passé cinq mois dans des conditions difficiles. Je me suis retrouvée dans une cellule de femmes. On nous a clairement reproché de soutenir l'UDPS, raison pour laquelle nous devions rester emprisonnées. Ma sœur a mis quelques jours avant de retrouver ma trace. C'est ensuite elle qui m'apportait à manger en cellule. Elle me promettait de trouver une solution pour me sortir de là. Sans l'aide de nos proches, il est difficile d'envisager de quitter ces cachots. La situation pour les opposants de Kabila s'était beaucoup aggravée. Je devais m'enfuir, je n'avais plus le choix.

Bibiche révisait sa partition selon les recommandations de Sophie. Elle compartimentait les thèmes : son engagement, l'UDPS, le jour de son arrestation, ses conditions de détention. Sa mémoire était fragile, alors elle notait tout, apprenait par cœur. Elle avait hâte que tout se résolve. Qu'elle soit quelqu'un. Que l'enfant qu'elle était soit enfin baptisée.

11

Bibiche s'approche de la grille de la préfecture, sur le grand boulevard. Elle marche avec peine, titube presque. Elle ne sait plus très bien ni son nom ni son âge.

Le pressentiment que la police pourrait arriver à tout moment pour l'embarquer la fait trembler. Elle se tâte le crâne, replace sa perruque, veut s'assurer qu'on ne la reconnaîtra pas si facilement. Elle se méfie de tout le monde, en particulier ce Guinéen qui l'interroge comme s'il œuvrait pour les services secrets congolais.

Tant pis pour son rendez-vous, ce matin elle ne fera pas la queue. Bibiche s'enfuit en courant sous les yeux interloqués des hommes qui patientent. Seulement, elle n'a pas la force d'aller bien loin. Elle ne cesse de jeter un œil derrière elle pour vérifier que personne n'est à ses trousses. Épuisée, elle finit par perdre le contrôle et tombe sur le bitume.

Elle voudrait se lever, mais elle reste au sol, la jupe à moitié déchirée, les fesses dans la poussière. Maintenant, voilà que Bibiche a cinq ans. Bella n'est toujours pas revenue. On dirait que ça fait des mois que Bibiche attend sur ce boulevard qu'elle revienne. Qu'elle lui dise au revoir, au moins. Au loin, une silhouette. Ce n'est pas sa petite sœur. C'est Viviane.

— Bibiche, ne reste pas comme ça dans la poussière. Fais un effort, comment veux-tu qu'on te libère un jour ?

12

— Asseyez-vous, madame, s'il vous plaît. Je vous présente monsieur Mupoyi, interprète en lingala. Je suis Hélène Gabet, officier de protection.

La femme, d'une cinquantaine d'années, se tenait avachie devant un ordinateur. Bibiche jeta un œil méfiant vers l'homme, assis près de l'officier.

— Bonjour madame. *Mbote Papa !*

— *Mbote na yo, Mama*[1].

— Madame Bibiche Nyandu Bilonda, je vais reprendre tous les éléments d'information que vous nous avez communiqués afin de m'assurer que tout est correct.

— D'accord.

— Nom d'épouse ?

— Nisima.

— Où êtes-vous née ?

— À Kinshasa. Le 2 février 1977.

— Vous habitiez dans la commune de Bandalungwa ?

— Oui, dans le quartier Bisengo.

— Ethnie ?

---

1. « Bonjour monsieur ! — Bonjour madame ! »

— Luba.
— Religion, peut-être ?
— Kimbanguiste.
— Passons aux renseignements familiaux. Votre père ? C'est bien monsieur Nyandu Mulumba ? Il vit en RDC ?
— Non, il est décédé. Il était commerçant.
— Excusez-moi, mais j'ai l'impression que vous comprenez tout ce que je dis. Je me trompe ?
— Non, madame. Je comprends bien, en effet.
— Bon, il aurait peut-être fallu le dire plus tôt, on n'aurait pas monopolisé monsieur Mupoyi !
L'interprète, congédié, se leva, après avoir salué Bibiche.
— Bon, reprenons. Votre mère ? Toujours en vie ?
— Oui.
— Son métier ?
— Femme au foyer... Enfin, elle faisait aussi des travaux de couture.
— Collatéraux ?
— Pardon ?
— Vos frères et sœurs ? Combien ? Âge, nom et prénom, je vérifie tout.
— J'ai deux frères et deux sœurs.
— Pourtant, vous n'aviez signalé qu'un seul frère !
— Euh... Oui, c'est parce que, en fait, Aristide, mon frère aîné, n'est pas le fils de ma mère.
— Donc, vous avez décidé de ne pas le mentionner ?
— Oui.
— C'est vraiment pas clair. Deux frères et deux sœurs, nous sommes d'accord ?
— Oui. Aristide, Stanislas, Viviane et Bella.

— Ils vivent à Kinshasa?

— Oui. Bella est morte... Elle est décédée d'une maladie à l'âge de trois ans.

— Où se trouve votre époux?

— Nous sommes séparés. Depuis quatre ans à peu près.

— Vous étiez déjà séparée avant d'arriver en France?

— Oui, en effet.

— Pas d'enfant?

— Non.

— OK. Bon, passons... Vous avez fait des études?

— Oui, je suis allée à l'université. J'ai fait un an d'études en marketing.

— Pas plus? Pourquoi?

— Parce que mon père m'aidait à payer mes études et, quand il est mort, il a fallu que je me débrouille.

— Votre métier?

— Secrétaire médicale, et je faisais aussi des travaux de secrétariat en complément, pour mon mari.

— Vous avez de la famille en France?

— Non.

— Votre date d'arrivée en France?

— Le 10 mars 2012, je crois.

— Vous croyez ou vous en êtes sûre?

— Non, non. J'en suis sûre.

— Bien... Vous dites, et arrêtez-moi si je me trompe, que vous avez fui votre pays du fait de vos activités politiques.

— Oui, c'est bien ça. Et puis, c'est aussi que je pense être recherchée.

— Vous pensez? À cause de vos activités politiques?

— Oui, je militais à l'UDPS depuis 2006.
— Cellule ?
— Nduisi.
— Section ?
— Bandalungwa.
— Fédération ?
— Lukunga.
— Hmm. Vous en êtes certaine ?
— Oui.
— Décrivez-moi une réunion à l'UDPS.
— On avait des réunions tous les mardis et jeudis. On y parlait du programme de l'UDPS et des actions.
— C'est tout ?
— Non, bien sûr.
— Parlez-moi plutôt de l'adhésion.
— Pour adhérer, il faut cotiser et on signe aussi un papier qu'on donne au président de section. On paie un dollar par mois environ.
— Un dollar ? Environ ? Pas plus ?
— Euh… non… Enfin, il faut aussi payer la carte.
— C'est confus, tout ça !
La femme relevait régulièrement une mèche rebelle pour la regarder fixement dans les yeux. Mal à l'aise, Bibiche se sentit faiblir.
— Pourquoi avez-vous décidé de militer à l'UDPS ?
— Parce que je croyais en Étienne Tshisekedi. Le pays va très mal et il n'y a aucune liberté de parole. J'avais envie que les choses changent.
— Je vois.
— Et aussi… on vit dans la pauvreté. Les jeunes ne parviennent pas à faire des études. Kabila s'en moque,

de cette situation. Il est trop occupé à éliminer ses ennemis et à s'enrichir. Tshisekedi, lui, c'est le fils du pays. Voilà ce qu'on disait entre nous.

— C'est juste pour cette raison que vous êtes devenue membre ?

— Mon père aussi militait, je pense que c'est ce qui m'a encouragée dans un premier temps. Il en parlait beaucoup à la maison.

— Que pouvez-vous dire de la crise que traversait l'UDPS ?

— La crise ? Non, ça se passait bien.

— Il n'y avait pas une crise de leadership ?

— Ah oui, c'est vrai. Il y avait un problème avec Beltchika, mais moi je ne suivais pas ça.

— Ah bon ?

— Oui, je travaillais beaucoup à cette époque, mon mari était parti…

— Il avait un rôle spécial, votre père, au sein de l'UDPS ?

— Non, il était membre actif.

— Et vous ?

— Pareil.

— Pourtant, dans votre récit, vous aviez l'air de dire que vous étiez chargée de la propagande ?

— Oui… Entre autres, mais je n'étais pas la seule.

— C'est tout de même curieux, vous ne trouvez pas, qu'à peine arrivée dans ce mouvement, vous ayez un tel rôle ?

— Non, ce n'est pas à peine arrivée, c'était plus tard.

— C'est-à-dire ?

— Eh bien… C'est ce que j'ai expliqué dans mon récit, en fait…

— Même si c'est écrit, j'ai besoin de comprendre.

— Bien sûr... Quand il y avait des événements particuliers, je distribuais des tracts avec d'autres militants. Moi, je parlais surtout aux jeunes et aux femmes de mon quartier. Je les connaissais tous, par l'église kimbanguiste. J'étais bien appréciée. Aussi, j'allais...

— Malheureusement, il faut qu'on accélère un peu. Racontez-moi le jour de votre arrestation.

— C'était le jour du dépôt de la candidature de Tshisekedi à la Céni.

— Date ?

— Le 5 septembre 2011. Il se présentait à l'élection présidentielle. C'était donc important de l'accompagner. On avait préparé ça depuis longtemps, on était tous très fiers. Mais, une fois arrivés, il y avait des policiers qui nous attendaient avec des gaz lacrymogènes.

— En tenue civile ?

— Non. Ou peut-être qu'il y en avait aussi en tenue civile, ça, je ne sais plus. Enfin, on a couru, et je suis tombée. Je n'ai pas eu le temps de me relever. En quelques minutes, je me suis retrouvée dans une Jeep.

— Pourquoi on vous arrête, vous, en particulier ?

— Je ne sais pas. Il n'y avait pas que moi. Sur le moment, j'ai reconnu deux autres militantes dans l'Hilux. Je n'ai pas vraiment osé observer plus longtemps, car les policiers nous battaient à coups de crosse.

— Vous saviez qu'il y aurait des policiers ?

— Oui, on s'y attendait.

— Vous avez quand même pris le risque d'y aller ?

— On était venus à plusieurs… alors peut-être qu'on se sentait en sécurité.

— Il était quelle heure quand vous êtes arrivés à la Céni ?

— Je ne sais pas.

— Vous ne savez pas? Vous n'avez même pas une idée de l'heure de votre arrivée sur place?

— Je ne m'en souviens pas. C'était l'après-midi.

L'officier regarda sa montre avant de reprendre :

— Vous étiez au camp de Lufungula?

— Oui. J'avais compris, pendant le trajet, que nous prenions cette route.

— Vous avez été interrogée sur vos activités?

— Oui. Ils ont pris mes papiers et ils ont noté mon nom sur un registre.

— Et sur vos activités politiques? Quelles questions vous ont-ils posées?

— Ils n'ont rien demandé. Ils nous ont juste injuriés. Ils disaient du mal de Tshisekedi.

— Vous étiez combien?

— Une dizaine. Moi je ne connaissais que Francine, José et Maria. Je suis restée avec Francine en détention, et je ne sais pas ce que sont devenus les autres. Ce jour-là, il y a eu beaucoup d'arrestations. On était des milliers à être présents!

— Vous aviez votre carte d'adhérente sur vous?

— Je… Je ne sais plus.

— Quand êtes-vous sortie du camp?

— Cinq mois plus tard.

— Date exacte?

— Le… 12 février 2012.

— Et vous n'avez jamais été transférée en prison? Ou bien rencontré un juge?

— Non, pas du tout. On nous parlait souvent de transfert, mais je me suis enfuie avant.

— Décrivez-moi les conditions de détention... Racontez-moi vos journées, par exemple.

— On ne faisait rien, on était plusieurs femmes dans une petite cellule. Nos familles venaient pour nous apporter à manger. On faisait nos besoins à même le sol...

Bibiche dut s'interrompre. Les souvenirs s'embrumaient. Elle ne savait pas comment décrire ces journées et ces nuits qui se ressemblaient. La plupart des détails lui échappaient. Les larmes coulaient, malgré elle. L'officier se racla la gorge.

— On était vraiment pas bien traitées par les gardiens. C'était humiliant. On était, disons... comme des animaux.

— Je vois... Comment vous êtes-vous enfuie?

— Viviane, ma sœur, me rendait visite régulièrement. Elle m'avait dit qu'elle et mon frère faisaient des économies pour pouvoir me faire sortir. Ils avaient déjà pris contact avec l'un des gardiens pour le soudoyer.

— Vous savez combien votre famille a payé?

— Non. Je n'ai pas demandé. C'est allé très vite. J'ai pris un bateau pour m'enfuir vers Brazzaville.

— Quels pays avez-vous traversés pour venir en France?

— J'ai pris un avion directement depuis Brazzaville. J'avais un passeport d'emprunt.

— Qu'est-ce que vous craignez exactement?

— Mais je ne peux plus y retourner, j'ai trop souffert, là-bas ! Je ne veux plus retourner en prison.

— Parce que vous pensez qu'on vous recherche ?

— C'est sûr ! Je me suis échappée de prison, ils ont gardé tous mes papiers !

— Et votre famille est en danger ?

— Évidemment !

— Vous avez des preuves ?

— Non, j'ai plus de nouvelles. Je ne veux pas aggraver la situation.

— Vous avez quelque chose à ajouter ?

Bibiche était perplexe. Après s'être dévoilée devant cette parfaite inconnue, elle se sentait mal. Quand est-ce qu'on allait lui annoncer qu'elle serait désormais en sécurité ? Sinon, pourquoi lui poser autant de questions ?

— Madame ? Rien à ajouter, alors ?

— Non ça va, merci.

Bibiche espérait une conclusion à cet entretien quand l'officier se leva, ouvrant la porte pour l'inviter à sortir, la main ferme déjà tendue. Abasourdie, elle se redressa à son tour péniblement et, sans comprendre pourquoi, elle lui sourit. Comme si, par ce sourire, elle voulait la rassurer sur sa normalité.

— Madame, je voulais juste vous demander… Est-ce que je dois revenir pour avoir votre réponse ?

— Non, ce n'est pas la peine. Vous recevrez un courrier.

— Ah. Au revoir.

La tête douloureuse et les jambes lourdes, Bibiche s'assit dans la salle d'attente pour retrouver ses esprits. Des dizaines d'autres personnes patientaient autour d'elle. Elle n'avait aucune envie de les voir, d'apprendre qui ils étaient, ce qu'ils fuyaient. En dépit de ce bourdonnement qui l'assaillait, elle s'efforça de prier pour que l'officier se souvienne d'elle ces prochains jours.

13

L'atmosphère au foyer durant les fêtes de fin d'année était morose. La vie de Bibiche concentrée autour d'une seule chose : la réception du courrier. Chaque matin, comme beaucoup d'autres résidents, elle guettait l'arrivée du facteur comme on espère le Messie. Deux mois s'étaient écoulés depuis son audition devant l'officier de protection. Elle ne comprenait pas ce qui prenait autant de temps. Les résidents s'en allaient un par un, ce qui rendait l'attente encore plus éprouvante. Certains parce qu'ils avaient obtenu le statut de réfugié, d'autres, au contraire, parce qu'ils avaient épuisé toutes les voies de recours. Ces départs l'angoissaient terriblement. Elle redoutait qu'on ne la mette à la porte. Inquiétude qui se mariait parfaitement au temps. L'hiver était difficilement supportable. Elle ne sortait quasiment plus. Les deux arbres de la cour étaient nus, ajoutant à la mélancolie ambiante. Dinah était partie pour un court séjour en montagne avec sa classe. La semaine précédente, l'Ofpra avait rejeté sa demande d'asile. Si cette nouvelle l'avait dévastée, elle ne le montrait pas. Elle n'avait même pas eu l'air étonnée. Selon elle, la femme qui l'avait interrogée ne lui avait pas inspiré confiance. « Comme la plupart des adultes, d'ailleurs, disait-elle, résignée. Ils font comme si ton sort les préoccupait, alors qu'en fait, ils exercent juste leur métier. Ils ne s'intéressent pas vraiment à toi. » En dépit de cette solitude imposée, voir Dinah partir pour changer d'air avait été un soulagement.

Le 17 janvier au matin, le Messie apporta la sentence tant espérée. Il s'agissait encore d'un de ces matins où la ville de Stains semblait comme figée sous une fine couche de gel. Sophie lui tendit le courrier. « D'expérience, c'est la lettre que tu espérais ! » Bibiche, la gorge serrée, la cage thoracique comprimée, déchira grossièrement la grande enveloppe et lut tout d'un trait.

Selon ses déclarations orales, l'intéressée a été entendue à l'Office le 11 novembre 2012 […] en tant que militante de l'UDPS […] qu'elle aurait été arrêtée à la suite du dépôt de candidature d'Étienne Tshisekedi le 5 septembre 2011 […] qu'elle aurait passé cinq mois au camp de Lufungula […] jusqu'à son départ de la République démocratique du Congo (RDC) pour la France le 10 mars 2012. Pour ces motifs, elle craint d'être persécutée en raison d'opinions politiques imputées. Toutefois, les déclarations de l'intéressée au sujet de son engagement politique n'ont pas emporté la conviction de l'Office. En effet, elle a fait preuve d'une méconnaissance de l'organigramme de l'UDPS et de ses sections. Par ailleurs, elle n'a pas été en mesure d'apporter des détails sur l'historique et les problématiques du parti. Quant à son rôle de membre actif en charge de la propagande, ses dires sont demeurés superficiels, peu spontanés et peu personnalisés. En outre, elle s'est montrée confuse et peu crédible. […] Enfin, elle s'est montrée très évasive quant aux circonstances de son arrestation et aux conditions de sa détention durant cinq mois. [...] Dès lors, les déclarations de l'intéressée ne permettent pas de tenir les faits allégués pour établis ni de regarder comme fondées les craintes de persécution exprimées. [...] Fait à Fontenay-sous-Bois [...].

— Bibiche, qu'est-ce qu'il se passe ? Fais-moi voir ça !

Sophie alla directement à la deuxième page de la lettre, visiblement déçue. Bibiche, accroupie contre le mur de son bureau, pleurait.

— Écoute, à ce stade, ça arrive très souvent. On est là pour t'appuyer dans tes démarches et rien n'est perdu, d'accord ?

Bibiche hoquetait, le souffle court.

— Regarde-moi, s'il te plaît !

Elle releva la tête, ses grands yeux prirent une teinte plus sombre.

— Je sais que c'est dur, mais il faut se battre encore et, tu verras, on y arrivera. Il ne faut pas perdre espoir, surtout pas maintenant. On se voit demain matin pour en parler, d'accord ?

Bibiche acquiesça, à la fois gênée et désemparée. Elle ne l'écoutait déjà plus et longea le mur pour regagner sa chambre.

Sur son lit, elle relut cinq fois de suite cette lettre qu'elle se retenait de déchirer en mille morceaux. Elle l'apprenait par cœur. Y était joint un compte rendu de l'entretien avec ces commentaires humiliants entre parenthèses : « elle hésite », « elle ne répond pas », « elle pleure ». C'était nécessairement sa faute, elle n'avait pas parlé assez clairement, s'était exprimée de manière confuse. Elle ne pouvait ignorer que sur ces lignes était inscrit noir sur blanc ce qu'elle haïssait le plus en elle : sa faiblesse, son impuissance, son incapacité à transmettre sa propre histoire. Ce n'était pas contre cet officier qu'elle était en colère, mais contre elle-même. Bibiche se recroquevilla, le ventre contracté par l'angoisse. Enfermée dans sa chambre, isolée et honteuse de cette défaite, elle ne se rendit pas dans le réfectoire ce soir-là.

La sensation d'être tombée au fond d'un puits et que, à chaque effort pour en remonter, ses mains se heurtaient à la roche acérée, ses genoux s'écorchaient jusqu'au sang, les ongles de ses pieds nus se cassaient les uns après les autres. Oui, bien sûr, il y avait quelques badauds qui tâchaient de lui lancer une corde, tandis que d'autres l'observaient, curieux. Pour autant, elle ne parvenait pas à se sauver. Elle était à bout de forces. Là, au fond de ce puits, elle sombra dans le sommeil, découragée.

— J'ai l'impression que ça va pas beaucoup mieux depuis hier. Je me trompe ?

— Si, un peu mieux quand même. Mais je suis déçue parce que je comprends pas trop ce qui s'est mal passé.

Bibiche était résolue à être plus combative, du moins en apparence, de peur que son accompagnante ne l'abandonne.

— Comme je te le disais, à ce stade de la procédure, c'est assez rare d'obtenir une réponse positive. J'y croyais quand même, mais bon… Tu as fait ta demande auprès de l'Ofpra toute seule, déjà c'est un facteur à prendre en compte. En général, on ne sait pas s'y prendre et on part sur une mauvaise base. Ensuite, peut-être que tu n'étais pas aussi prête pour cet entretien que tu le pensais.

— Comment ça? On m'avait dit qu'il suffisait de raconter mon histoire et de répondre aux questions. C'est ce que j'ai fait, et j'ai même réussi à répondre alors que la dame ne me laissait pas le temps de finir mes phrases. Je pensais qu'elle m'interrompait parce qu'elle me croyait et qu'elle voulait aller vite. Je ne suis pas une menteuse! Si je suis venue en France, c'est parce que je n'avais pas le choix!

— On le sait, nous, et on te croit. Déjà, la première chose à faire, c'est un recours. Tu as dû entendre parler de la Cour Nationale du Droit d'Asile? La CNDA?

— Oui, un peu.

— Donc, c'est devant cette cour qu'on va faire appel. On a un mois pour ça. D'accord?

— Ça veut dire que je vais encore devoir attendre, c'est ça?

— Oui, il faudra être patiente, c'est vrai. Tu veux bien me montrer le courrier que tu as reçu hier? Je voudrais le mettre dans ton dossier.

— Tu te rends compte, Sophie, ça fait déjà dix mois que je suis en France sans statut.

Sophie parcourut les pages de l'entretien.

— Écoute, je pense que ce qui pourrait aussi nous être utile, c'est que tu voies un des psychologues avec lesquels on travaille. Ça te fera du bien, et ça te préparera mieux pour la suite! Qu'est-ce que tu en penses?

— Qui? La psychologue Fatima? Comme pour Dinah?

— Oui, elle ou quelqu'un d'autre. Ils sont tous très compétents. En tout cas, ça me paraît nécessaire. On peut déjà te bloquer un rendez-vous, et on verra ensuite comment tu te sens, d'accord ?

— Oui.

— Autre chose. Il va te falloir un avocat.

— Pourquoi ?

— Maintenant que tu vas passer devant la cour, tu dois être assistée. Il pourra t'aider aussi dans la procédure et, surtout, le jour de l'audience.

— Il y en a, ici ?

— Au foyer, non. En revanche, j'ai une liste de cinq ou six avocats avec leurs honoraires respectifs.

— Leurs honoraires ?

— Oui, il faut les payer.

— Mais je n'aurai pas assez d'argent pour payer un avocat !

— Je sais... Tu pourrais l'emprunter à quelqu'un, non ?

— Combien ça coûte ?

— Environ mille euros.

— Personne ne me prêtera une somme pareille ! Je n'ai même pas trois cents euros de côté !

— Tu peux payer en plusieurs fois. À mon avis, c'est vraiment un moyen de mettre toutes les chances de ton côté.

Pour Bibiche, un avocat, c'était pour se défendre. Pourtant, elle n'avait rien fait de mal, si ce n'est vouloir se réfugier en France.

— Voilà ce qu'on va faire, reprit Sophie. On va déjà rédiger un recours rapide devant la CNDA pour gagner du temps, ce qui te permettra de rassembler l'argent. Dans la liste des avocats, il y en a trois, par exemple, qui s'occupent de la RDC. Je peux prendre rendez-vous avec maître Thévenin.

— D'accord…

— Je ne vais pas faire de recours détaillé, car ton avocat le peaufinera. Sinon, à part ça, tout se passe bien au foyer ?

— Oui, très bien.

— Tu participes un peu aux activités proposées ?

— Je suis allée au cinéma. J'ai aussi suivi une fois les cours de gym avec d'autres femmes.

— Très bien ! Il faut continuer comme ça, surtout ne pas rester trop repliée sur soi.

— Et en attendant, comment je vais faire pour la préfecture ? Mon titre de séjour va expirer.

— Tu as un mois pour faire ton recours, donc s'ils sont informés que l'Ofpra a rejeté ta demande, ils ne pourront pas te refuser le renouvellement de ta carte.

Pour la première fois, depuis son arrivée en France, Bibiche ne se sentait plus seulement triste ou démunie, mais aussi réellement effondrée. Effondrée, comme si elle se trouvait sur une pirogue entre les deux Congo et que, tout d'un coup, un tourbillon l'emportait. Elle n'avait plus envie de lutter. Une année passée, sans que sa voix ait été suffisamment forte pour être entendue et prise au sérieux. Ce temps qui s'écoulait, c'était un autre genre de prison.

14

Sur Arte, un documentaire explique comment les espèces évoluent pour mieux s'adapter à leur environnement. Bibiche s'endort au son d'une voix féminine qui parle de sélection naturelle.

Des yeux d'inconnus la regardent dormir à travers des trous percés dans les murs de sa chambre. Bibiche sent qu'on l'observe et ouvre un œil. Elle s'aperçoit qu'elle est nue et cherche désespérément à se cacher. Mais les draps de son lit ont disparu. Elle dissimule tant bien que mal certaines parties de son corps à l'aide de ses mains.

La femme poursuit sa démonstration en évoquant le hasard qui jouerait aussi dans cette sélection. Bibiche voudrait se relever en courant et boucher les trous dans les murs pour ne plus être observée, seulement elle ne peut plus bouger. Ses jambes sont paralysées. Certaines espèces évoluent pour le meilleur, d'autres finissent par disparaître, faute de se modifier de façon adéquate. Bibiche ne sait plus quoi faire et pleure sur son impuissance.

Ses gémissements la réveillent. Ou bien pleure-t-elle dans son sommeil ?

15

Deux robes couleur saumon aux cols Claudine sur lesquels étaient brodés respectivement « Bibiche » et « Bella », et des manches ballon. Sa mère les lavait soigneusement le dimanche soir après le culte et les diverses réceptions. Bibiche et Bella ne se sentaient jamais aussi belles que dans ces robes au style occidental. Elles arrivaient à l'église immaculées, mais finissaient toujours leurs journées le jupon beige de poussière et le col marron. Leur jeu préféré consistait à prendre des cailloux dans la cour du sanctuaire qu'elles faisaient parler en les cognant les uns contre les autres. Elles inventaient des histoires romanesques de femmes perdues et d'hommes héroïques, ainsi que d'enfants désobéissants, sévèrement punis par leurs mères – sans doute en prédiction du soir quand leur propre mère allait les réprimander pour leurs tenues crasseuses. Bella, bouche bée face à l'imagination de sa sœur aînée, ses grands yeux concentrés – les mêmes que ceux de Bibiche –, écoutait ses histoires et découvrait ses personnages avec émerveillement. Pour Bibiche, c'était le souvenir de sa petite sœur attentive à la moindre de ses paroles qui lui avait confirmé à quel point elle avait aimé, durant les premières années de sa vie, être une « grande sœur ». Être la grande sœur de Bella.

Bibiche ne s'était pas rendue à l'église depuis son arrivée en France. À Kinshasa, elle ne ratait jamais le culte du dimanche, son jour préféré de la semaine. L'occasion de retrouver ses amis et ses voisins, de sortir ses tenues les plus élégantes. Une célébration joyeuse. Après l'église, elle se rendait avec ses amies dans les quartiers animés de la ville, comme celui de Bon-Marché, pour s'attabler à la terrasse d'un bar. Les derniers tubes de Werrason ou les classiques de Papa Wemba donnaient le ton. Elles se baladaient ensuite le long des avenues en savourant des brochettes, pendant que la jet-set locale – des fils de coopérants[1], des personnalités politiques, des gens en tout cas que l'on n'osait pas approcher – paradait au volant des plus belles voitures. À l'époque, elle était toujours en mouvement, dans le vent. Une femme de Kinshasa qui évoluait habilement entre les conventions, sa foi et son ancrage dans la société moderne congolaise. Ce mélange des genres, somme toute typique d'une jeune femme de « Kin la belle », la rendait heureuse. Le départ de son mari y avait contribué, elle avait alors découvert qu'elle avait des envies, des convictions.

Paradoxalement, elle priait bien plus régulièrement désormais, et hors de l'église. En détention , elle pensait beaucoup au prophète : Simon Kimbangu, comme elle, avait connu la prison. Lui aussi avait trente-quatre ans le jour de son arrestation. Des années d'incarcération

1. Expression kinoise pour désigner les hommes d'affaires.

qui n'avaient pas ébranlé sa foi ni son sens du devoir. À travers ses prières, elle l'implorait de lui insuffler son courage, ne serait-ce qu'une infime part. Les bourreaux de Kimbangu étaient belges, les siens partageaient le même sang qu'elle. En plus de l'oppression, elle ressentait un sentiment de trahison innommable. Sa langue maternelle était aussi celle de l'oppresseur.

Un dimanche, après avoir rendu visite à Marguerite, elle décida de se rendre à la paroisse kimbanguiste de Saint-Denis, sans trop savoir à quoi s'attendre. Elle y retrouverait peut-être une lueur d'espoir, la volonté de se battre encore un peu. À quelques mètres de l'entrée retentissaient déjà les instruments à cordes. Elle ne put s'empêcher de sourire, happée par cette musique entraînante. Les tenues, la langue, les chants, les visages : une version miniature de son pays. Dans la maison du Seigneur, elle se sentit à l'abri. Des jeunes en costume du dimanche agglutinés près de l'entrée la saluèrent d'un « *Mbote na yo Tantine !* ». La voilà revenue deux ans en arrière, devant la chorale, vêtue de son pagne jaune, tapant des mains et chantant le cantique « *O Nzambi i nzengi a nkanu muna wantu a nsiona…* ».

O Nzambi i nzengi a nkanu
Muna wantu a nsiona
Ndiona odilanga yikekonka
O Nzambi nzodi'a nsukami
Kuiza ke kuiza o vanza
Kua ndiona wena ye mpasi

Muna wau kandidila
Okuyandalangaka mpe[1].

C'était son favori, un de ceux qu'elle fredonnait à Lufungula et qui lui permettaient de tenir.

Les paroissiens lui lançaient des regards furtifs, mais préféraient se concentrer sur le culte. Elle était invisible et différente à la fois, mal fagotée parmi ces costards soignés ou ces pagnes colorés. Une exclue parmi les siens.

La présence de Papa Simon Kimbangu se ressentait dans ces lieux, il ne l'avait jamais abandonnée. Au contraire, il l'avait toujours guidée et continuerait naturellement de le faire. Elle prononça une prière intérieure et se laissa bercer par les paroles du pasteur, proférées dans sa langue. Les yeux fermés, elle lâchait prise, enfin. Difficile de dire combien de temps dura cet instant. Puis, elle se redressa pour s'éclipser avant la fin du culte, anxieuse à l'idée que d'autres fidèles viennent discuter avec elle.

— Ah te voilà, Bibiche ! Tu tombes bien, j'en ai marre de travailler.

Dinah faisait ses devoirs dans la salle commune, auprès d'autres adolescents.

— Ah bon ? Tiens, j'ai un cadeau pour toi ! Une part de gâteau au chocolat.

1. « Dieu est le refuge des affligés/À celui qui pleure, Il donne Sa consolation/Oui, Dieu est l'ami des pauvres/Il viendra/Oui, Il viendra ici-bas auprès de celui qui souffre/Car la clameur de ses supplications est montée vers Lui/Oui, Dieu manifestera Sa miséricorde à son égard. »

— Oh ! là, là ! Ça vient de chez ton amie Marguerite ?

— Oui, c'est sa fille Jasmine qui l'a fait. Je lui ai parlé plusieurs fois de toi, et elle tenait à t'en offrir une part.

— C'est gentil ! On va le manger là-haut ?

— Oui, si tu veux, mais c'est pour toi. Moi, j'en ai déjà eu beaucoup !

Dinah grimpa les escaliers, guillerette.

— Tu me fais des tresses, Bibiche ? J'en peux plus de mes cheveux. Je les lave tous les jours et regarde-moi ça !

Elle extirpa une mèche de son foulard. Les pointes étaient sèches et abîmées.

— Tu devrais les laver moins souvent.

— Tu sais que j'aime bien sentir le shampoing, sinon je me sens dégueulasse !

Elle rit, de sa dentition nacrée et régulière.

— Attends, j'ai découpé la photo d'Alicia Keys dans un journal, je veux exactement la même coiffure.

— Mais je vais en avoir pour des heures…

Dinah s'assit sur le sol entre les jambes de Bibiche, elle avait disposé les peignes, l'huile de coco et la photographie de sa nouvelle idole sur le lit.

— Tu es rentrée tard, aujourd'hui. Tu as passé tout ce temps chez Marguerite ?

— Toi, tu es vraiment trop curieuse !

— Ben, c'est quoi, le problème ? T'as un amoureux, c'est ça ? Tu ne veux pas le dire ?

Bibiche rit.

— Un amoureux ? Jamais ! Ça, c'est bien fini ! Toi, tu en as un dans ton école ?

— Non. Mais il y a quand même un garçon. Disons qu'il est grand et beau. Il me drague. Je le laisse faire car ça m'amuse. C'est tout.

— Tu as raison, il faut en profiter. À ton âge, les garçons me faisaient la cour, mais je n'en choisissais aucun. Mon père était furieux contre moi. Il disait toujours que je n'étais pas bonne à marier, pas comme ma sœur Viviane.

— Tu parles comme si t'étais déjà vieille ! Tu pourrais retrouver un mari, maintenant, si tu veux… Moi, je me marierai un jour. Attention, je serai très difficile ! Et puis je veux qu'il soit riche. L'argent, ça fait un peu le bonheur, quand même.

— Et toi, Dinah, tu veux être riche ?

— Oui, bien sûr ! C'est d'ailleurs le seul moyen de se trouver un mari riche. On dit qu'ils restent toujours entre eux. Un peu comme à Kinshasa.

Bibiche séparait les mèches de cheveux de Dinah en huit longs rectangles pour faire des tresses uniformes.

— Ça te manque, la vie là-bas ? reprit Dinah entre deux bouchées de gâteau.

— Franchement ? Oui, parfois. J'avais quand même une belle vie. Et en même temps, ça me paraît loin, déjà flou…

— Tu es restée longtemps en prison ?

— Cinq mois. Je me souviens pas vraiment de cette période-là.

— Tu as de la chance. Moi, j'aimerais oublier certaines choses. Pourtant, je me rappelle de tout. La dernière fois que j'ai vu mon père, par exemple. Il nous a saluées de la main, il portait son uniforme de militaire. Cinq autres soldats l'ont battu dans notre jardin et l'ont emmené ensuite dans leur voiture. Ma mère pleurait, moi je savais que c'était un adieu.

— Pourquoi ont-ils emmené quelqu'un de leur propre camp ? demanda Bibiche.

— Ils l'accusaient d'être un proche de Faustin Munene. Tu te souviens ?

Oui, Bibiche s'en souvenait. On disait que Kabila avait essayé de le faire tuer. Le général Munene habitait près de chez elle. Il y a quelques années, des bruits couraient dans le quartier selon lesquels sa maison avait été saccagée par des soldats.

— Tu avais quel âge quand ils ont arrêté ton père ?

— Seize ans. Je connaissais pas toutes ces histoires entre militaires. On parlait pas de ça, à la maison. Après avoir arrêté mon père, ils se sont vengés sur nous, ma mère, ma sœur et moi. Je n'ai pas pu oublier cette journée. J'ai compris plus tard qu'il y avait eu beaucoup de règlements de comptes, et que mon père n'avait aucune chance de s'en sortir. J'ai raconté à l'Ofpra ce qu'on nous a fait. La femme qui m'a interrogée a juste haussé les épaules, comme si c'était normal, pas important, quoi.

Bibiche était sidérée, mais un silence pesant n'avait pas sa place avec Dinah.

— Tu vois, peut-être qu'en France c'est pas quelque chose de grave. Mais quand même, ma sœur n'avait que treize ans ! Ma mère en est morte. Le pire, c'est qu'ils m'ont reproché, dans le compte rendu d'entretien, de ne montrer aucune émotion. Comment leur montrer en quelques minutes que je souffre ? Je ne la connaissais pas, cette femme, moi !

— Tu sais… Peut-être qu'elle n'avait pas bien compris. Quand je suis passée à l'Ofpra, les questions s'enchaînaient très rapidement, et je pense que parfois ils n'ont pas le temps de tout écouter.

— Oui, peut-être. Je m'en fous, maintenant. J'attends, c'est tout. On verra bien.

Bibiche lui caressa les cheveux.

— J'ai déjà fait la moitié. Va te regarder, dis-moi si ça te plaît.

Dinah sautilla jusqu'au miroir de la salle de bains commune.

— Ouah ! s'écria-t-elle. Je suis une vraie star !

— Oui, tu es même mieux que la fille sur la photo !

— Allez, la suite !

Bibiche reprit son travail minutieux.

— Bibiche ?

— Oui ?

— Pourquoi il est parti, ton mari ? Ou bien c'est toi qui l'as quitté ?

— Non. C'est difficile pour une femme mariée de partir, tu sais. Il a rencontré une autre femme. J'étais pas une bonne épouse pour lui, je ne lui avais même pas donné d'enfant. Je suppose qu'il en a eu marre.

— Tu l'as revu, après ?

— Non, jamais.

— Il est pas venu te voir en prison ?

— Non, il a jamais su que j'étais enfermée. De toute façon, il aurait dit : « Bien fait pour toi ! » Il a toujours prédit que ça m'arriverait un jour. Il me traitait d'idiote.

— C'est lui, l'idiot, d'avoir quitté sa femme ! Une femme comme toi, en plus. Tu ne te rends pas compte comme tu es belle, mais lui, en ce moment, il doit bien te regretter en voyant sa nouvelle femme grasse et sans cervelle !

— Tu es bête, Dinah ! Tu vois bien que je suis pas toute mince non plus ! Pas comme toi, en tout cas.

— Et alors ? Tu as tout ce qu'il faut où il faut ! Les Françaises tueraient pour ton popotin, comme on dit ici. Et pour tes fossettes, aussi... Franchement, un homme qui se respecte doit d'abord respecter sa femme ! Donc tu n'as rien perdu avec lui !

— Ah ça oui, tu as raison ! rit Bibiche.

— Attends, cette coiffure de star me donne envie de faire la fête ! Je vais mettre de la musique.

Dinah récupéra son lecteur CD dans sa chambre.

— Écoute ça. Tu connais, non ? Lokua Kanza ?

— Ça me dit quelque chose.

Bibiche et Dinah se déhanchèrent sur cet air qui leur rappelait les jours heureux. Elles dansaient sur l'idée qu'il était bon de vieillir, de voler de ses propres ailes pour devenir quelqu'un et faire la fierté des siens.

Good-bye, good-bye mummy and daddy
All I want to say thank you for your precious love
Good-bye, good-bye mummy and daddy
Good-bye, good-bye mummy and daddy
Mwana akomi moto, ako pumbua likolo
Lokola ndeke, yo moboti pesa ye nguya anana
Na nguya ya nzambe akokoma oh akokoma[1].

1. « Au revoir, au revoir maman et papa/Je voudrais simplement vous dire merci pour votre amour précieux/L'enfant est devenu un homme/Comme l'oiseau, il volera haut/Toi parent, donne-lui la force de s'épanouir/Par le pouvoir de Dieu, il arrivera à destination, oh il y arrivera. »

16

Le rendez-vous avec maître Thévenin, « un des meilleurs avocats dans le domaine de l'asile », avait été annulé à la dernière minute, sans explication. Dans les couloirs, on murmurait que cet avocat avait connu des ennuis avec la justice, pour « trafic illégal d'immigrants ». Ces rumeurs rendaient l'atmosphère au foyer fébrile. Sophie lui avait finalement pris rendez-vous avec maître Minot.

Bibiche tâtait dans sa poche le Post-it jaune sur lequel Sophie lui avait noté le rendez-vous avec la psychologue. Elle vérifia de nouveau le nom et l'horaire. « Ludivine Cheral, 10 h 15, bureau 3 ».

Dix heures cinq. Bibiche collectionnait les minutes qui s'enfuyaient sur l'écran de son téléphone. Des notes de musique sur la partition de ses journées. Elle était en avance, habitude prise lors de ses rendez-vous à la préfecture. Bibiche fixait ses chaussures, caressait ses hanches, légèrement à l'étroit dans son jean. Elle portait sa plus belle chemise, seulement rien n'y faisait, elle ne se sentait pas jolie.

Dix heures onze. Sa bouche était sèche.

Dix heures seize. Bibiche s'assit puis se leva, nerveuse.

La 13, puis la 6. Circuler sur ces lignes en partie ouvertes sur la ville lui offrait une vue imprenable. Elle s'imaginait en touriste. Les immeubles étaient plus anciens que ceux de Stains; pourtant, ils paraissaient mieux entretenus. L'eau de la Seine était claire, presque translucide par rapport au fleuve Congo. Le deuxième fleuve le plus long d'Afrique lui avait toujours fait peur. Nul ne pouvait se représenter ce que dissimulaient ces eaux boueuses, cette dimension infranchissable. En surface, en tout cas, c'était un chaos de rencontres inattendues, où rien ne semblait avoir sa place. Les méandres de l'anarchie, rassurante pour certains, oppressante pour d'autres. Elle ne l'avait traversé qu'une fois, pour sauver sa peau. Sur la Seine, au contraire, régnait une chorégraphie organisée, un défilé synchronisé de bateaux.

À cette heure-là, le métro était moins bondé. Les Parisiens vaquaient à leurs occupations : travail, famille, loisirs. Elle n'avait droit à rien de tout ça. Hélas, pas d'autorisation de travailler. L'autonomie n'était pas pour maintenant.

À la station Sèvres-Lecourbe, les choses devinrent plus compliquées. Elle ne repéra pas le côté du boulevard Pasteur qui menait à la rue Lecourbe. Elle tourna en rond entre la rue Pérignon et la rue François-Bonvin, avant d'oser enfin demander son chemin, affolée. Elle ne pouvait faire attendre maître Minot, certainement sa dernière chance.

Dix heures dix-sept. La porte s'ouvrit sur la psychologue, une femme brune. Bibiche fut frappée par son allure, digne des films américains. Petite, elle rêvait déjà de cheveux aussi brillants. Une jupe longue jusqu'aux genoux, une chemise parfaitement repassée. Bibiche enfonça davantage les pans de la sienne dans son jean.

— Madame… Nyandu Bilonda ?

— Oui, madame, c'est moi.

— Bonjour. Entrez, je vous en prie.

Bibiche tâtait régulièrement dans sa poche les deux cents euros retirés de son compte. Elle resta immobile, de peur de faire crisser le canapé en cuir sur lequel elle était installée. Elle aurait exercé le métier de standardiste avec beaucoup de plaisir, ne serait-ce que pour profiter de ces lieux éblouissants.

— Maître Minot a du retard, lui dit-on.

Au bout d'une demi-heure, l'avocat n'était toujours pas là. Entre-temps, quatre autres personnes avaient rempli la salle d'attente.

— Maître Minot arrive d'ici un quart d'heure, elle est retenue à la cour, lui annonça-t-on finalement.

Durant un moment qui lui parut trop long, la psychologue la fixa, le sourire aux lèvres.

— Asseyez-vous. Où vous voulez… Ça vous dérange que je vous appelle Bibiche ?

— Non, pas du tout.

Le bureau était exigu : deux larges fauteuils et un canapé gris étaient appuyés contre une bibliothèque remplie de livres. Bibiche choisit le fauteuil en face de la psychologue. Dans sa main, le Post-it devenu boulette de papier.

— C'est bien votre prénom ? Ce n'est pas un surnom ?

— Oui, c'est comme ça que je m'appelle.

— Très bien. Je suis Ludivine Cheral, mais vous pouvez m'appeler Ludivine… Sophie semble croire que ce serait une bonne idée que l'on essaie d'aborder ensemble votre passé au Congo. Qu'est-ce que vous en pensez, vous ?

Bibiche ne s'était pas posé la question. Ce rendez-vous n'était pour elle qu'une étape nécessaire. Un énième maillon de cette chaîne sans fin qui lui entravait les chevilles.

— Je… Je ne sais pas. Peut-être. Enfin, oui, sans doute. En quoi ça consiste ?

— Pour l'instant, j'aimerais simplement faire votre connaissance. Alors Bibiche, parlez-moi un peu de vous.

Parler de soi dans le vouvoiement, drôle de manie française.

L'avocate débarqua en trombe dans le cabinet et se dirigea directement vers son bureau, sans même un regard pour sa nouvelle cliente. Il était dix-huit heures, Bibiche n'aimait pas l'idée de refaire tout le trajet jusqu'au foyer de nuit. Elle se leva spontanément pour suivre maître Minot dans son bureau, quand le secrétaire la pria de patienter encore quelques minutes.

Elle fut finalement autorisée à entrer. Maître Minot était en réalité une petite femme joufflue, brune, aux quelques mèches grisonnantes. Ses joues étaient rondes et roses, tendant vers le rouge par endroits, ses yeux bleu-vert. Son gilet noir et son col roulé turquoise lui semblaient sans élégance. À Kinshasa, les avocats arboraient des costumes dernier cri et des chaussures pointues en croco.

— Je suis en France parce que je ne veux pas qu'on me retrouve en RDC. J'ai fait de la politique là-bas auprès de l'UDPS, ce qui n'a pas plu aux autorités. J'étais en danger, donc il fallait que je parte.

— Ah d'accord. Je vois. Ça vous ennuie si on reprend depuis le début ? Qui êtes-vous ? Je n'ai pas votre dossier sous les yeux. J'ai juste envie de vous connaître, lui expliqua Ludivine.

— Bonsoir madame Nyandu Bilonda, je suis Valérie Minot. Vous venez de RDC, c'est bien ça ?

— Oui, maître.

— Vous avez votre dossier ?

L'avocate parcourut en quelques secondes le dossier préparé par Sophie. Le fauteuil derrière elle semblait être un monstre prêt à avaler cette petite femme.

— Je vois… Militante UDPS, c'est ça ?

— Oui, c'est ça.

— Vous êtes passée par la case prison…

— J'y ai passé cinq mois… C'était… dur.

— J'imagine. On les connaît, les prisons de Kinshasa.

— Moi, j'étais au camp de Lufungula. Je me suis enfuie grâce à ma famille, Dieu soit loué.

L'avocate réordonna les papiers dans une pochette cartonnée et tamponnée avec le cachet de son cabinet.

Ces questions qui revenaient sans cesse. Et ces mêmes réponses qu'elle s'entendait répéter encore et encore.

— Vous viviez seule ? poursuivit Ludivine.

— Oui. En fait, c'était l'appartement que j'occupais avec mon mari. Quand il est parti, je suis restée là. Nous nous sommes séparés en 2009. J'aimerais bien divorcer, mais on a fait un mariage coutumier.

— Vous aimeriez que ce soit officiel, c'est ça ?

— Je ne veux plus que mon nom d'épouse apparaisse sur les papiers. Ça complique tout. Je veux juste être Bibiche, avec mon nom, Nyandu Bilonda. Je ne suis la femme de personne, depuis longtemps.

— Pour vous, c'est plus simple d'être juste Bibiche ?

Bibiche réfléchit. Pour la première fois, elle devait décrire ses sentiments, plutôt que de s'expliquer.

— Non, justement. C'est déjà difficile parce que, ici, je dois toujours prouver mon identité. Je suis venue sans papiers, et on m'a même demandé un acte de naissance. Quand je suis arrivée, je m'appelais Anita.

— Anita ?

Bibiche ignorait si elle avait bien fait de mentionner ce passeport d'emprunt.

— Oui, Anita. C'était le nom de la femme qui était sur mon passeport. C'est une femme qui existe vraiment, je crois. Et moi je devais être elle. Au début, j'étais rassurée, poursuivit-elle.

— Pourquoi ?

— Parce que je me disais que c'était mieux d'avoir un nouveau nom, ce serait plus facile de vivre en France, avec une nouvelle identité. Hélas, ça marche pas comme ça.

Maître Minot ne levait toujours pas les yeux, occupée à prendre des notes dans un gros agenda en cuir.

— OK. Recours fait par le travailleur social. Très bien. Il faudra faire un mémoire complémentaire, évidemment. On a le temps. Vous connaissez mes honoraires?

— On m'a dit neuf cents euros.

— Exact. Vous êtes bien informée. Il faudra me payer dès maintenant une provision.

— Pour l'instant, je n'ai que deux cents euros à vous donner.

— En principe, c'est trois cents euros, mais ça ira. Vous me ferez un virement ou un mandat rapidement, d'accord?

— Oui, bien sûr.

Bibiche lui tendit sa mince liasse de billets.

Bibiche n'avait pas l'habitude qu'on la regarde comme ça. Elle préférait fixer les mains de Ludivine, fines, les ongles peints en rose. Sa peau était sans taches, avec par endroits des ridules. Une pierre au centre de sa bague scintillait comme un diamant. Machinalement, Bibiche gratta ses cicatrices sur les mains comme pour les faire disparaître.

— Vous voulez me parler de votre ex-mari?

— Il a décidé de partir. Ça s'est fait rapidement. Il ne me l'a pas dit, mais je pense qu'il avait une autre femme, dans la province de l'Équateur. Il allait souvent là-bas pour le travail. Vous savez, au Congo, un homme peut partir comme ça du jour au lendemain. Même si on a des enfants ensemble. Ça change rien. J'étais triste au début, et finalement j'ai aussi apprécié la vie tranquille que je menais, sans lui. J'étais très occupée, de toute façon.

— Ah oui ? Par vos activités politiques ?

— Oui, et par mes activités à l'église, mon travail, mes amis, ma famille. J'avais toujours des choses à faire. Pas comme ici. Là-bas, je servais à quelque chose.

— Ici, vous avez l'impression d'être inutile ?

— Personne n'a besoin de moi, tandis que moi, je suis dépendante, j'ai besoin de tout le monde. Marguerite, Sophie, Xavier, le médecin, la femme de la préfecture, la femme de l'Office, l'avocat…

— C'est intéressant, ce que vous dites. Qui aidiez-vous, par exemple, chez vous ?

— Hmm… ma mère. Je lui étais d'une grande aide. Bon, pas juste moi, mon frère et ma sœur aussi. Sinon, on venait souvent me voir pour des conseils, des services. Je connaissais bien mon quartier, et les gens, de façon générale, aimaient discuter avec moi. On me respectait aussi parce que j'arrivais à m'en sortir seule, sans l'aide d'un homme. Et puis, je lisais beaucoup. Dinah, par exemple, à l'époque, j'aurais pu être une… une épaule pour elle. Maintenant, ce n'est pas le cas. J'ai peut-être même plus besoin d'elle que l'inverse.

— Dinah ?

— Oui, on habite au même étage, c'est une jeune fille qui vient également de Kinshasa. Elle a dix-huit ans. On s'entend très bien.

L'avocate soupira comme si ces quelques minutes passées en compagnie de Bibiche avaient suffi à l'agacer.

— Bon, je lirai aussi votre compte rendu d'audience dès que j'aurai plus de temps. Vous êtes suivie par quelqu'un ?

— Pardon ?

— Un psychologue ? Ou un psychiatre, peut-être ?

— Oui, j'ai un rendez-vous cette semaine.

— C'est bien, ça. On pourra s'appuyer sur ses observations. Enfin, on verra. Pour l'instant, faut déjà ouvrir un dossier.

— D'accord. Je ferai comme vous dites.

Maître Minot continuait de noter des choses dans son agenda, mais qui ne semblaient pas en lien avec son affaire.

— Vous ne lisez pas, ici ?

— Non. J'essaie, hélas j'ai énormément de mal à me concentrer. Je me contente de lire le journal.

— Et vous ne souhaitez pas militer ?

— Non. C'est derrière moi, tout ça. Je ne suis plus la même. J'ai gardé les mêmes idées. Je pense toujours que l'UDPS est ce qu'il y a de mieux pour mon pays. Mais j'étais aussi trop naïve.

— Merci, voici un reçu. Pour l'instant, j'ai tout ce qu'il faut. Vous pouvez y aller.

— Pardon… Madame Sophie a dit que je devais discuter avec vous pour voir comment améliorer mon recours auprès de la CNDA, fit-elle, hésitante.

— Oui, bien sûr, on retravaillera votre recours. Mais là, ça ne va pas être possible. J'ai beaucoup de travail. Mon secrétaire vous appellera pour vous donner un autre rendez-vous. Ça vous laissera le temps aussi de rassembler le reste des honoraires. On fait comme ça ?

— Très bien, maître.

Bibiche souhaitait que l'heure passe plus vite. L'idée de parler encore d'elle longtemps la lassait.

— Vous viviez dans la rue ?

— Oui, dans une gare à Paris. Je n'avais pas le choix, l'homme qui m'a fait venir en avion m'a abandonnée à l'aéroport. Il a pris mes affaires en disant qu'il allait m'acheter un billet de train, mais il n'est jamais revenu. C'est comme ça que j'ai fait la connaissance de Marguerite, ma bienfaitrice, qui a proposé de m'héberger.

— Quels souvenirs gardez-vous de cette période dans la rue ?

— C'était dur, heureusement que des boulangers me donnaient à manger tôt le matin. J'ai rencontré des gens avec du cœur. Bon, il y avait quand même quelques drogués aux alentours, mais personne ne m'a embêtée. Je me cachais dès que j'apercevais les militaires. Je ne sais pas si c'est de la chance ou bien… Je dormais par terre, et finalement, après la prison, c'était pas si terrible. Le plus difficile, c'est de se retrouver dans un endroit inconnu. Dans un pays étranger.

Bibiche serra la main de l'avocate et déguerpit sans mot dire. *Sept cents euros.* Elle ne savait toujours pas comment les trouver après avoir déjà presque vidé son compte postal. Aucun rendez-vous de fixé. Partir ainsi sans date à laquelle se référer la tracassait. Elle descendit lentement les escaliers, admira un dernier instant le tapis rouge, vert et or qui ornait les marches. Il paraissait doux et donnait envie de se déchausser pour en sentir la fibre.

— Vous aviez dit tout à l'heure que vous aidiez votre mère, avec votre frère et votre sœur. Vous êtes l'aînée ?

— Non, je suis la cadette.

— Comment se passaient vos relations avec votre fratrie ?

— Je m'entends très bien avec Stanislas, avec ma sœur un peu moins. Disons que je pouvais toujours compter sur elle, mais elle ne m'a jamais comprise. On est différentes. Vous savez, elle était toujours… dans le droit chemin, disons. Toujours à donner le bon exemple. Elle voulait que je me remarie, que j'arrête de militer. Elle a des enfants, un mari, elle a repris le commerce de mon père.

— Elle ne voyait pas le fait de militer d'un bon œil ?

— Non, parce que, chez nous, ça signifie souvent risquer d'aller en prison. Pour elle, c'était de la folie. Elle me l'a dit, d'ailleurs, quand elle m'a rendu visite au cachot. « Regarde dans quel pétrin tu nous as mis ! Tu crois que Maman n'a pas eu assez de soucis avec Papa ? » Elle avait raison.

— Des soucis avec votre père ?

— Oui, elle parlait du fait que mon père aussi a milité à l'UDPS. À deux ou trois reprises, il s'est retrouvé en prison. Heureusement, il revenait toujours à la maison.

— Je vois… Si vous êtes d'accord, j'aimerais qu'à la prochaine séance on revienne sur ce sujet.

— Comme vous voulez.

— On se revoit dans quinze jours. Vendredi ? Même heure, même bureau. À bientôt, Bibiche.

— À bientôt, madame.

Bibiche restait clouée sur place, épuisée d'avoir tant parlé. Les muscles de ses cuisses la tiraillaient. Elle observa les alentours avant de se lever, comme pour pouvoir s'en souvenir la nuit, quand elle se retrouverait seule.

Ce n'était que sur le chemin du retour que Bibiche reconnut la gare où elle avait dormi quelques semaines, un an auparavant. Elle avait observé ces puissants trains à grande vitesse qui se rendaient directement à Bruxelles. Elle s'était dit qu'un jour elle irait là-bas. Voir Matonge, le quartier congolais où vivaient nombre de ses compatriotes qui avaient fui le régime de Kabila – ou plus anciennement de Mobutu. Ce fantasme belge à portée de main l'avait souvent obnubilée durant ce mois d'errance, ce petit royaume qui avait contrôlé son immense terre d'une main de fer. Envisager l'avenir alors qu'elle se trouvait sur un siège éjectable, soumise à une décision arbitraire, semblait illusoire. Dépendante apparemment de la bonne volonté d'un avocat pour qui elle n'était qu'une Congolaise parmi tant d'autres, et bientôt d'un juge pour qui elle ne représenterait qu'un numéro de dossier.

17

Ces formes, ces silhouettes, pour Bibiche, ce sont des garde-fous. Ses yeux ne lui sont plus vraiment utiles. Elle perçoit son entourage sans vraiment distinguer son propre corps de celui des autres. Ces obstacles dans la pénombre empêchent son esprit de s'évader, il doit demeurer dans ce domicile de quatre mètres carrés.

À la gauche de sa jambe, le pied de Nadine. Mais ce pied pourrait tout aussi bien être le sien. Devant elle, est allongé le corps lourd de Josiane. Ou bien est-ce sa propre pesanteur? L'autre Bibiche – Bibiche la petite –, Anastasie, Lydie, et Francine s'appuient les unes sur les autres contre le mur de gauche, les genoux repliés. Lydie et Francine, comme à leur habitude, chuchotent. Et si ce chuchotement provenait du fond de son propre ventre? Deux pagnes traînent par terre à côté de la bassine. À sa droite, deux filles fraîchement arrivées se tiennent la main, tremblotantes. La plus jeune baigne dans son urine. Elle ne doit même pas être majeure.

Celle qu'on appelle Tantine est étendue de tout son long, sous un trou creusé pour permettre – en vain – à l'air de se renouveler. Elle seule peut s'assoupir plus d'une heure d'affilée et semble avoir toujours vécu dans ces lieux. Elle répète inlassablement aux nouvelles venues que le coin près de l'entrée de la cellule est prévu pour faire ses besoins.

Bibiche a perdu la notion du jour et de la nuit. Des sons lointains, sourds, et plaintifs lui font comprendre que la nuit est tombée. Des « chut » des geôliers accentués par des coups de barre de fer contre les barreaux le confirment. Chut ? Mais pourquoi ? Pour dormir ? Pensent-ils réellement qu'on y dort ?

Qu'importe, Bibiche fait toujours semblant d'être assoupie, la tête enfouie entre les genoux. De cette façon, elle est un peu moins incommodée par l'odeur. Des relents épouvantables de sueur et d'excréments hantent les lieux. Quelques détenues présentant des signes graves d'infection en sont les spectres. L'odeur du sang et de la pourriture qui suinte de leurs entrejambes ne trompe personne. Le voilà, sans aucun doute, l'effluve de la terreur, s'il doit en exister un. C'est dans ces faux instants de repos que Bibiche se perd. Si elle sait où elle est, elle n'est pas sûre de savoir qui elle est. Son corps, elle l'a définitivement emmêlé à ceux des autres femmes. Quand l'une d'elles hurle, Bibiche se tord de douleur. Son âme se répand sur ces murs, s'étale à tel point que, ici ou ailleurs, il en restera toujours quelque chose.

Sous ses orteils, des petits bâtons soigneusement tracés pour compter les jours. Elle a laissé tomber au bout de dix-neuf. Les traits s'effacent progressivement. Ses ongles sales caressent le sol friable. Elle craint d'être devenue folle. Ou l'est-elle peut-être déjà ? La folie est la première visiteuse de ces lieux.

Des bruits de pas s'approchent de leur cellule.

Deux coups retentissent sur les barreaux.

— Botika makelele[1] !

C'est Blaise. L'autre gardien sort ses clefs pour ouvrir la porte du cachot. Cliquetis. L'une des jeunes filles se redresse, pleine d'espoir. Croit-elle réellement qu'il s'agit d'une bonne nouvelle, d'une libération ? Bibiche, elle, sait très bien ce qui les attend. Elle enfouit un peu plus son visage entre les jambes.

Le gardien entre difficilement.

— Bo zali bambwa ! Solo ya mabe awa[2] !

— Bambwa wana tokokanga bango[3] ! *vocifère Blaise derrière lui. Francine ! Bibiche !* Boya, nazali na likambo ya koyebisa bino[4] ! *Prends les deux nouvelles aussi, faut qu'elles apprennent la discipline, dit-il, s'adressant au second gardien.*

Francine se lève difficilement, les jambes engourdies, des sanglots dans la gorge. Les deux nouvelles font de même dans un pénible élan, entre soulagement et crainte. Le geôlier leur administre un coup de bâton à l'arrière des genoux pour les faire sortir plus vite.

Blaise les observe, un sourire aux lèvres. Il attend un instant avant de crier :

— Bibiche ! Dépêche-toi, ou bien tu préfères qu'on vienne te chercher ?

Celle-ci prie à voix basse. Tout près d'elle, Bibiche la petite en fait autant, mais elle a à peine le temps de finir sa prière que le gardien la tire par les cheveux pour l'extirper de la cellule.

— Tu fais exprès ou quoi ? Tu aimes te faire désirer ?

---

1. « Silence ! »
2. « Vous êtes toutes des chiennes ! Ça pue, ici ! »
3. « On va les attraper, ces chiennes ! »
4. « Vous venez, on a à vous parler ! »

18

Après le cinéma, Bibiche et Dinah marchaient, tremblantes, dans les rues du quartier africain. Deux femmes sans âge qui se tenaient par la main pour avancer sur le fil d'une vie qu'elles n'avaient pas choisie. Rue Poulet. Rue Myrrha. Boulevard Barbès. *African'Hair. Black Beauty. African Mamalicious.* Dinah s'arrêtait devant chaque devanture de salon de coiffure, serrant toujours dans sa petite main celle de Bibiche. Elle commentait la qualité des perruques, lui demandait de retenir certaines coiffures pour les tester dans la soirée. Bibiche avait du mal à ressentir le même enthousiasme à la vue de ces salons qui pullulaient aux abords du boulevard. Ces têtes de femmes sans corps qui s'alignaient dans les vitrines lui faisaient l'effet de trophées d'un pervers démoniaque. Elle craignait déjà les cauchemars qui pourraient s'ensuivre.

— Ferme les yeux, Bibiche, maintenant !... C'est pour ça que je t'ai entraînée ici.

— Qu'est-ce que tu manigances, encore ?

La jeune fille insista et la conduisit devant un local vide, non loin de la rue Marcadet. Sur le local était écrit « Bail à céder ».

— Voilà !

Bibiche ouvrit les yeux sans savoir quoi dire ni comment réagir. Surprise, elle l'était, sans aucun doute.

— Ben alors, t'es pas contente ? Ça ne te fait pas plaisir ?

— Si... Si. Mais qu'est-ce que c'est ?

— À ton avis ! Réfléchis ! Notre futur salon de beauté ! On aura les papiers bientôt, et à ce moment-là, rien ne nous en empêchera. En plus, on est dans le quartier idéal, avec une clientèle mixte. On pourra proposer du tissage aux Africaines, des coupes aux étudiants, des brushings aux Françaises. Enfin, tu vois, quoi ! Même un coin manucure.

— T'as pensé à tout !... Mais tu sais, ce local ne risque pas d'attendre qu'on ait le statut.

— Justement, on est sur la bonne voie et, pour tout te dire, j'en ai touché un mot à mon oncle. Il est prêt à nous financer. Ce ne sont pas des *lakations*[1] ! Il va venir en France bientôt pour chercher un local, visiter celui-ci, entre autres. Ensuite, ma petite sœur nous rejoindra. Il faudra qu'elle aille à l'école, je lui paierai ses études.

— Oui, Dinah. J'espère vraiment que ta petite sœur sera bientôt avec nous... Mais... et tes études, alors ? Je veux dire, avec ce que tu apprends, tu pourras trouver un métier facilement, quelque chose qui t'assurera un avenir bien meilleur que tenir un salon de coiffure !

— Pff... tu ne comprends rien. J'ai juste envie d'embellir les femmes. J'ai besoin de m'amuser.

1. Promesses non tenues. Du verbe *kolaka* en lingala, promettre.

La visite de leur « futur quartier » se poursuivit. Bibiche admirait trop la capacité de Dinah à se projeter pour oser briser ses espoirs. Cette dernière s'enferma pourtant dans un long mutisme, comme si elle devinait l'incrédulité de son amie. Le projet revenait tout de même sur le tapis à intervalles réguliers, il était même question qu'une amie de son école le loue en vue de devenir son associée.

— Allez, viens, ma Dinah. On rentre. Tu as des devoirs à faire et c'est sur ça qu'il faut se concentrer. Ton avenir sera merveilleux, Dieu m'est témoin.

Dans le réfectoire régnait une ambiance familiale qui la réjouit. Bibiche, comme à son habitude, s'assit en bout de table, non loin de ses voisines. Mais Dinah refusa une fois de plus de les rejoindre. Les enfants autour semblaient heureux. Ils jouaient les uns avec les autres, sans distinction de communautés ou de langues. Bibiche enviait leur légèreté, leur facilité à aller vers l'autre, leur résilience, aussi. Elle se surprenait à penser que, peut-être, avec un petit, l'attente aurait été plus facile. Sa vie quotidienne se serait calquée sur lui. Elle aurait été contrainte de puiser en elle la force nécessaire, la force pour deux.

À l'étage, Dinah faisait ses devoirs dans sa chambre. La porte était restée entrouverte.

— Tu viens ? *Joséphine, ange gardien* va commencer.

La jeune fille se précipita vers elle.

— Enfin !

— Alors, ces devoirs ? Pas trop compliqués ?

— Non, pas du tout. J'apprends plein de choses. Tu sais, à l'école, ils nous ont dit qu'on va devoir chercher un stage dans le commerce. Tu crois que tu pourrais m'aider à écrire des lettres de motivation?

— Bien sûr! Tu penses pas que ce serait l'occasion de chercher quelque chose dans un salon de beauté, par exemple? Si c'est vraiment ça qui te plaît.

— Le rêve! Tu as raison, je vais retourner en ville pour déposer des lettres. Le problème, c'est que je n'étudie pas du tout la coiffure.

— Propose-leur peut-être de faire de la comptabilité? Ou quelque chose de ce genre... Comme ça, le jour où tu rachèteras leur salon, je pourrai enfin me faire belle à un prix bien négocié!

— Oui, et t'as intérêt à travailler avec moi, hein!

— Que Dieu t'entende!

— Tu pries trop, Bibiche! Dieu n'a rien à voir là-dedans. Il nous a déjà abandonnées.

— On ne prie jamais assez, si tu veux mon avis.

— On dirait ma mère. Elle disait ça aussi, et pourtant, tu vois où ça l'a menée.

— Ne parle pas comme ça, s'il te plaît!

— Pardon! Fais comme tu veux... C'est juste que ça m'énerve. C'est tout.

L'ange gardien Joséphine, faiseuse de miracles, mit un terme à leur querelle.

19

Bibiche n'avait pu rassembler la somme nécessaire pour s'offrir les services de Valérie Minot. Marguerite n'aurait pas eu les moyens de débourser sept cents euros d'un coup, sauf à se mettre en difficulté. Le standardiste, manifestement gêné, s'était chargé de lui expliquer que la provision n'était pas remboursable.

Sophie, confuse de la situation dans laquelle elle avait placé Bibiche, lui fit remplir un formulaire afin de bénéficier de l'assistance d'un avocat gratuitement.

— Ah, c'est possible, ça? demanda Bibiche, perplexe.

— Oui, mais honnêtement, nous ne le conseillons pas quand nous avons un bon dossier. Ce qui est ton cas. C'est pour ça que je t'avais orientée directement vers un avocat privé.

Dépitée, Bibiche suivait les conseils des uns et des autres sans plus se poser de questions. Elle avait complètement abandonné son sort entre les mains de Dieu, ses actions ne semblaient avoir aucune influence sur le cours des choses.

Sur les recommandations de Sifa, l'une de ses voisines de palier, elle se rendit à la CNDA dès le lendemain.

— Tu vois, Bibiche, tu vas là-bas et tu te concentres sur les audiences. Quand tu vois un avocat qui signe des papiers à la fin de l'audience, ça veut dire qu'il ne te demandera pas d'argent. Et dès que tu en trouves un vraiment bon, tu lui demandes d'être ton avocat, lui avait-elle expliqué dans un français approximatif.

Montreuil, rue Cuvier. Restée sur ses souvenirs de l'Office, elle fut frappée dès l'entrée par le défilé de robes noires. Elle se trouvait bien dans un tribunal. Des gens de toutes les nationalités et de toutes les couleurs attendaient leur tour sur des chaises. Des bébés pleuraient ou jouaient. Dans cette atmosphère désordonnée, les avocats choquaient d'autant plus par leur allure solennelle.

À l'étage, dans une chaleur étouffante, une enfilade de pièces attenantes à des salles d'attente, dans lesquelles des demandeurs d'asile affichaient des mines affligées. Ces couloirs s'apparentaient à ceux d'un hôpital où l'espoir se mêlait à l'angoisse, avec la mort comme issue possible. Elle se faufila pour entrer dans l'enceinte des salles d'audience, certaines si remplies qu'une partie de l'assistance devait rester debout. D'autres, au contraire, étaient quasiment vides. Elle s'assit, au hasard. Au fond, trois personnes étaient installées derrière des bureaux : il s'agissait des juges.

L'audience venait de commencer. Une femme sur la droite lisait à haute voix un résumé de l'affaire. Elles étaient toutes numérotées. Un demandeur d'asile, c'est d'abord un numéro. Un homme traduisait à la personne assise face aux juges ce qui venait d'être dit. Près de lui se tenait son avocat. Les juges interrogèrent l'étranger, mais Bibiche, concentrée sur l'attitude de l'avocat, n'écoutait pas les questions. Ce petit homme aux cheveux gris n'intervint qu'à la fin, pour une longue plaidoirie. Il s'appuyait sur quantité de dossiers pour étayer ses dires, agitait des photographies et des cartes d'un pays d'Europe de l'Est, semblait-il. En dépit d'une belle voix grave, Bibiche se perdait dans ses explications. Les juges avaient eux aussi décroché et ne réagissaient plus à ses remarques. Vint l'affaire suivante, avec le même avocat. Cette fois, c'était le tour d'une Russe qui pleura beaucoup sans véritablement répondre aux questions. Un des juges, à l'extrémité du bureau, perdit patience, revenant à plusieurs reprises sur le même sujet. Son comportement était oppressant. Cette fois, le petit avocat l'interrompit sèchement :

— Je ne peux pas vous laisser insinuer ça, monsieur l'assesseur ! s'exclama-t-il.

Bibiche, qui redoutait les éclats de voix, testa une autre salle. Une femme épaisse, aux cheveux bruns coupés à la garçonne, assistait un jeune homme grand et mince, couleur latérite. Le demandeur d'asile expliquait qu'il était touareg, qu'il avait fui la Libye après la chute du régime de Kadhafi pour rejoindre la rébellion au nord du Mali. Il avait ensuite été enrôlé de force dans un groupe jihadiste. Les juges restaient impassibles. L'un d'eux esquissait par moments un sourire. Son avocate, de temps à autre, faisait circuler des papiers en attendant d'avoir la parole. Ces audiences se déroulaient globalement en suivant la même organisation. Mais il se dégageait de cette avocate plus de chaleur. Elle posait souvent sa main sur l'épaule de son client pour lui expliquer ce que le juge souhaitait savoir. Elle signa une feuille à la fin de l'audience.

C'était le signe dont on lui avait parlé. Après vérification, son nom était maître Anapoulos.

En faisant le tour des salles d'audience, Bibiche s'aperçut qu'il y avait bien plus d'avocats qui signaient des feuillets après leurs plaidoiries que l'inverse.

— Je vous avais dit hier de ne pas répondre ça ! Vous avez tout mélangé !

Derrière elle, maître Minot réprimandait un de ses clients. Bibiche la salua poliment, toutefois l'avocate ne parut pas la reconnaître.

Depuis la salle 8, elle entendit un proverbe qui lui était familier : « *Ndeko, na mokili kolalisa miso te*[1]. » Elle passa la tête discrètement. Cinq personnes d'apparence congolaise y étaient assises. L'homme qui était interrogé s'exprimait dans un mélange de français et de lingala. Il évoquait ses activités au sein d'une association des droits de l'homme, qui lui avaient valu des représailles de la part des autorités. Il ne cessait de parler, à tel point que le président finit par l'interrompre avec une nouvelle question :

— Monsieur, vous dites que vous vous êtes évadé de la prison de Makala, n'est-ce pas ?

— Oui, c'est bien ça.

— Il y a quelque temps, j'ai vu un documentaire sur la chaîne Arte qui parlait justement de cette prison. On disait qu'il était impossible de s'en évader, car les gardiens sont aussi des prisonniers. Ils sont incorruptibles !

1. Proverbe congolais se traduisant littéralement par : « Mon frère, dans la vie n'endors pas tes yeux », mais qui signifie : « Sois courageux ! » ou encore : « Ne sois pas distrait ! »

— Et pourtant, je suis bien là. J'ai payé un gardien pour simuler une maladie et être transféré à l'hôpital, et de là je me suis enfui ! Je vous dis la vérité !

— C'est curieux. On a quand même du mal à vous croire…

Bibiche était outrée. Elle aurait aimé se lever pour défendre son compatriote. L'avocat, apparemment lui aussi d'origine congolaise, ne plaidait pas d'une manière assez fluide. L'investissement des avocats dépendait nécessairement du client, de son histoire. Avant de convaincre ces juges, il fallait convaincre son avocat. Toujours la même lutte : celle d'une parole, sa parole, de sa vérité contre celle des autres, de l'Administration, de la justice. Les demandeurs d'asile étaient avant tout des suspects qui ne pouvaient s'en sortir sans l'assistance d'un conseil. Les juges remettaient d'emblée en cause ce qu'ils avaient vécu.

Un homme avança lentement, d'un pas incertain, en s'appuyant sur une canne, dans un costume usé, mais bien coupé. Elle le reconnut aussitôt : c'était celui qu'elle avait remarqué à la préfecture, l'année précédente. Il s'y était présenté, accompagné d'une jeune femme blonde. Il devait avoir dépassé la quarantaine et se dégageait de lui une élégance naturelle. Elle retrouvait aussi cette candeur décelée chez lui la première fois. Au moment de s'asseoir à ses côtés, il la salua d'un signe de tête.

— Vous êtes convoquée à quelle heure ? chuchota-t-il.

— En fait… Je ne suis pas convoquée. Pas encore. Je cherche un avocat qui accepte l'aide juridictionnelle.

Il sourit.

— Ah bon ? Si ce n'est que ça, je peux te présenter la mienne. Tu vas voir, elle va venir tout à l'heure pour mon dossier. Je suis très satisfait, répondit-il avec un accent qu'elle ne distinguait pas.

— D'accord, merci. Je vais rester, alors.

— Suis-moi, plutôt. Allons prendre un café, on en a pour un petit moment. Ton nom, c'est quoi ? J'ai l'impression de te connaître…

— Non, on ne se connaît pas. Je m'appelle Bibiche.

Elle lui emboîta le pas en direction de la machine à café.

— Dis-moi, tu viens d'où ?

— RDC.

— Je vois… vous êtes nombreux.

Il la dévisagea quelques secondes. Ses yeux étaient sombres, pénétrants, néanmoins, ses longs cils adoucissaient son regard. Et ce curieux sourire, comme s'il avait une facétie en tête. Quelle légèreté quand Bibiche se sentait si empêtrée !

— Donne-moi ton numéro de téléphone. Je te donnerai plus d'informations.

Bibiche enregistra fébrilement le numéro dans son téléphone. Son avocate arriva alors qu'ils se tenaient toujours devant la machine à café, sans mot dire. Elle était plus jeune que ceux que Bibiche avait observés jusque-là. Elle le questionna à voix basse, visiblement préoccupée. Bibiche en profita pour s'échapper.

— Affaire numéro 5. Monsieur Nandos Raoul, assisté de maître Tara Azoulay, appela la secrétaire.

Son nom ne sonnait pas congolais. Il s'avança toujours, avec cette lenteur infinie mais maîtrisée, entre infirmité et prestance. Une fois assis, il se retourna et sourit dans sa direction. Son conseil portait dans ses bras menus un lourd dossier. Prête à monter sur le ring. La femme à droite enchaîna sur un résumé de l'affaire. Bibiche apprit que l'homme était originaire d'Angola ou, plus précisément, de la province du Cabinda. Il avait longtemps milité pour l'indépendance de cette province, ce qui lui avait valu plusieurs arrestations, puis la torture dans les geôles angolaises.

Bibiche s'accrochait cette fois à chaque question, et surtout à chaque réponse que Raoul formulait. Elle était captivée.

— Vous dites avoir milité pour le Front de libération de l'enclave du Cabinda. Quel a été votre rôle ?

— J'étais militant actif. Je recrutais aussi de jeunes militants.

— Vous avez été arrêté à quatre reprises, parlez-moi de votre première arrestation.

— La première fois, c'était en 1996... Je me rappelle plus très bien.

— Ah... et les autres fois ?

— Oui, je me souviens des dates, mais pas des détails, j'ai des problèmes de mémoire, voyez-vous.

— Nous sommes au courant, monsieur, seulement, si vous ne nous donnez pas plus d'informations, nous ne pourrons pas statuer sur votre demande.

— J'aimerais vous répondre, cependant je ne me rappelle pas.

Entre chaque question, il joignait ses mains sur la table et se redressait, comme pour se concentrer. Ses gestes étaient lents, mais son débit rapide.

L'avocate avait fourni des certificats médicaux, dont un qui attestait de ses pertes de mémoire. Elle attribuait son amnésie à son traumatisme, pourtant, tout au long de l'audience, deux juges insinuèrent qu'elle était plutôt due à un accident vasculaire cérébral. Bibiche ne comprenait pas bien quel était l'enjeu à déterminer l'origine de ses pertes de mémoire. Maître Azoulay, quoi qu'il en soit, semblait sur le qui-vive dès que ce problème était évoqué.

— Vous avez pourtant écrit avoir subi de graves tortures.

— C'est vrai, j'ai passé beaucoup de temps à l'hôpital, afin de me soigner avant de fuir. Je ne voulais pas qu'on m'arrête de nouveau. J'ai les papiers, mais je ne me souviens pas de tout ce que j'ai vécu.

— Vous avez suffisamment d'éléments objectifs pour considérer qu'il vous dit la vérité, interrompit l'avocate. Un certificat médical qui fait état de cicatrices anciennes et de blessures sur tout le corps !

Toutefois, personne ne prêta attention à son intervention.

— Vous étiez à l'hôpital pour soigner vos blessures à la suite des détentions illégales, ou bien parce que vous aviez eu un AVC ?

Il semblait fouiller, durant de longues secondes, les moindres recoins de sa mémoire imparfaite.

— Je ne sais plus… finit-il par admettre.

— Monsieur Nandos, en fait, vous êtes venu ici pour vous faire soigner, n'est-ce pas ? lui demanda une juge, sèche et ridée.

La jeune femme se redressa pour protester, sa robe noire et ses larges manches déployées.

— C'est une question indigne de votre cour ! Qu'il bénéficie de soins, car il est en mauvaise santé, ne doit pas le priver d'un examen impartial de sa demande d'asile !

Sa mémoire le trahissait. Malgré tout, Raoul Nandos demeurait droit et fort face à la justice. Bibiche, déstabilisée, n'en était que plus intriguée par cet homme dont la dignité et la détresse s'entremêlaient d'une façon étrangement harmonieuse.

Après sa plaidoirie, l'avocate le prit par le bras et l'entraîna vers l'extérieur. Bibiche les suivit instinctivement. Elle jeta un dernier regard en direction de Raoul. Il semblait ailleurs.

20

Des mains d'homme lui tirent violemment les cheveux. L'homme exerce une telle pression qu'elle a l'impression qu'une partie de son crâne se décolle. Pour éviter de vaciller, Bibiche se met à quatre pattes. Il en profite pour lui asséner un coup sur le dos. C'est Blaise qui l'entraîne hors de la cellule. Il l'écrase, jusqu'à ce que son corps s'affale au sol. Un coup de pied vient foudroyer son flanc gauche.

— Ne nous fais pas attendre, on a beaucoup à faire. Lève-toi !

Bibiche se lève tant bien que mal, la gorge serrée. Elle les suit dans le petit couloir jusque dans la salle qui leur sert d'interrogatoire. Elle jette un œil vers la petite table, se demande si sa carte de membre de l'UDPS est là, quelque part. Kangi, le troisième surveillant, est assis sur une chaise en métal rouillé. Et encore ces paroles qui la font enrager ou la remuent.

— Alors Bibiche, tu aimes te faire désirer, hein ?

21

— Vous avez envie de parler de quelque chose en particulier aujourd'hui, Bibiche ?

— Non, pas vraiment.

— Quelles étaient vos impressions en sortant de la séance, la dernière fois ?

— Rien de spécial. Un peu de fatigue, peut-être.

— Vous êtes souvent fatiguée ?

— Oui.

— Vous dormez bien ?

— Non, je dors peu. Je fais des siestes, plutôt.

— Depuis quand rencontrez-vous des problèmes de sommeil ?

— Je dirais... depuis la prison. On manquait de place, c'était difficile de s'endormir. Il y avait du bruit, aussi.

— Vous êtes suivie par un médecin ?

— Oui. J'en ai vu un.

— Il ne vous a pas proposé quelque chose pour dormir ?

— Si. Il m'a donné un médicament, mais je n'aime pas l'effet que ça me fait. C'est comme si je perdais pied. Je me réveille en me sentant encore plus lourde, encore plus... ailleurs.

— Je comprends… Bibiche, j'ai étudié votre dossier et je pense qu'il serait bien qu'on essaie d'assembler les morceaux de votre histoire, de les remettre dans le bon ordre. Vous vous rappelez la dernière fois, on avait fini la séance en parlant de votre père? Vous disiez qu'il militait aussi de son vivant.

— Oui, c'est vrai.

— Vous en aviez parlé ensemble?

— Non, mais ma mère et mon père se disputaient souvent à ce sujet. Ma mère ne voulait pas qu'il aille à l'UDPS. Il s'en fichait. Il donnait parfois même un peu d'argent au parti. Il le considérait comme un mouvement très prometteur pour l'avenir. Il avait rencontré plusieurs fois notre leader.

— Il savait que c'était risqué, d'après vous?

— Oui, je pense qu'il en avait conscience. Il disait que, de toute façon, il pouvait mourir à tout moment, rien qu'en traversant la route. Donc, pourquoi ne pas mourir pour la bonne cause?

— Et finalement, il est mort de quoi?

— Il est tombé malade.

— Quel âge avait-il à sa mort?

— Quarante-quatre ans.

— Il était jeune, alors.

— Oui, il avait déjà de grands enfants. Vous savez, chez les Baluba, on se marie et on fait des enfants assez tôt. Enfin, surtout la génération de mes parents.

— Vos parents se disputaient souvent?

— Non… Parfois le week-end, quand mon père sortait avec ses amis. C'est vrai qu'il buvait beaucoup dans ces moments-là. À son retour, c'était la bagarre.

Quelquefois, il frappait ma mère, surtout si elle se plaignait de son côté volage.

— Qu'est-ce que ça vous faisait, d'entendre ces disputes ?

— Je ne supportais pas, bien sûr. À part ça, j'aimais quand même beaucoup mon père. Et lui, il était sévère, mais… il s'occupait très bien de nous. C'est ma mère qui me disait toujours que je ne devais pas faire la même erreur qu'elle. Elle répétait : « Surtout n'épouse pas un Muluba ! Ils sont trop possessifs et sanguins. »

— Votre père était sévère avec vous, alors.

— Disons qu'il était euh… strict. Il fallait absolument réussir et faire des études. Selon lui, on n'était rien sans avoir étudié. Il préférait se ruiner pour nous payer l'école plutôt que pour nous nourrir !

— Vous étiez d'accord avec ça ?

— Oui, bien sûr. C'était aussi sa manière de nous montrer qu'il nous aimait. J'ai fait des études tant que j'ai pu. Chez nous, ce n'est pas gratuit. Et même quand on paie, les conditions sont désastreuses. Je voulais aller à l'UPC, l'université protestante qui avait bonne réputation. Faute de moyens, je me suis retrouvée dans une école pourrie. Il manquait des chaises, il n'y avait même pas de toilettes. Ça m'a révoltée ! J'ai compris l'importance de l'éducation pour les nouvelles générations. Aussi intelligent ou motivé qu'on était, on avait très peu de chances de s'en sortir.

— Vous paraissez pourtant avoir bénéficié d'une bonne éducation.

— Je le dois justement à mon père ! C'était en plus un littéraire qui mettait beaucoup l'accent sur l'apprentissage du français, sur la culture générale.

— Votre mère vous avait dit de ne pas épouser un Muluba… Muluba, c'est bien votre ethnie ?

— Oui, c'est ça.

— Et avez-vous suivi les conseils de votre mère ?

— Oui, en quelque sorte. Mon mari était mukongo. Vous savez, chez les kimbanguistes, on dit que les Bakongo[1] sont le peuple élu.

— Kimbanguiste ?

— Oui, l'église kimbanguiste à laquelle j'appartiens.

— Et ça vous a plu qu'il soit mukongo ?

— Oui, mais pas que ça. Il était intelligent et beau. Il avait décroché un master en Afrique du Sud. Il avait un bon métier et voyageait beaucoup. Au début, je l'admirais. Mais quand il est parti, je me suis dit qu'il n'était pas différent des autres.

— Il vous a quand même soutenue durant cette période, dans vos activités politiques ?

— Il était plutôt indifférent. Et puis, c'est vrai que je n'ai pas changé le Congo. Je me suis fait arrêter. Je n'ai pas été prudente. Un militant en prison n'est pas très utile !

— Vous avez l'air de beaucoup vous reprocher votre arrestation.

— Je sais pas… C'est compliqué. J'ai milité sans trop réfléchir, c'était logique, pour moi. Il y a trop de problèmes en RDC, vous savez… Depuis mon arrestation, je pleure beaucoup. Je vois bien qu'il y a des femmes qui continuent à militer, alors que, moi, je me suis enfuie. J'ai laissé quelques amies en prison.

1. Muluba devient Baluba au pluriel. Mukongo devient Bakongo.

— Vous pensez vraiment que c'était si logique que ça de s'engager ? Tout le monde ne le fait pas. Ni ici ni au Congo !

— Comment faire autrement ? Déjà quand je suis allée à l'université, comme je vous le disais, j'ai compris qu'il y avait des choses à changer. Puis je suis entrée à l'UDPS, où je passais de bons moments. Je me suis fait beaucoup d'amies, on parlait de la politique, du pays, de notre place dans la société. C'était très agréable. À l'époque, j'avais beaucoup de choses à dire, j'étais très dynamique.

— En dehors de ce parti, vous n'aviez pas l'occasion de vous exprimer ?

— Non. Quand j'étais jeune, je n'avais pas le droit à la parole. C'est une question de culture...

— Par rapport à vos parents ?

— Oui... Chez nous, il est impossible de mettre en doute ce que disent nos aînés. La seule vérité qui compte, c'est la leur. J'ai été élevée comme ça. Ensuite, on se marie et ça se passe aussi comme ça avec son conjoint. À l'UDPS, j'ai appris à réfléchir. C'est comme si... oui, je me sentais encouragée. Même en prison, quand on pouvait, Francine, mon amie du parti, et moi, on discutait encore. Sinon, on risquait de perdre la tête.

— Vous avez envie de parler avec moi de votre séjour en prison ? Je crois que ce serait quand même important qu'on aborde un peu cet épisode de votre vie.

— En fait, c'était toujours la même chose. Nos familles apportaient des repas une fois par jour, sinon, y avait rien à manger. J'avais souvent faim. J'ai perdu beaucoup de poids. Les gardiens étaient cruels. On n'avait pas le droit de parler, sinon ils devenaient violents. On maltraitait mes amies.

— Vous étiez dans la même cellule ?

— Oui, il y avait Francine. Tantine, la plus âgée, prenait soin de nous. Lydie, Anastasie, Bibiche la petite. Et puis, d'autres qui venaient et repartaient, de très jeunes parfois. Je me souviens plus des détails, je les revois dans mes cauchemars. Il y a surtout cette odeur… Cette odeur qui me revient la nuit.

Bibiche s'interrompit. Elle se gratta les mains et regarda en direction de la porte.

— Vous les voyez dans vos cauchemars ? Vous en avez fait récemment ?

— Oui.

— J'aimerais que vous m'en racontiez un, si vous êtes d'accord.

Bibiche réfléchit un instant.

— Celui de la nuit dernière. Je m'en souviens encore. Ça se passe dans le foyer. Vous savez, tous les matins cet hiver, j'attendais le facteur pour qu'il m'apporte mon courrier. J'espérais obtenir le statut de réfugié. Dans mon rêve, c'est la même chose. Je suis à ma fenêtre comme chaque matin. De là, on voit la grille d'entrée, et je peux donc surveiller qui arrive. Et le voilà, sur son vélo, avec ses gros sacs bleus. Mais il est en tenue de policier. Il tient la clef de la grille comme un gardien de prison. Je me mets à avoir peur de lui. Sans que je puisse l'expliquer, Francine, Lydie et Bibiche la petite sont dans ma chambre. Je crie qu'on doit se cacher… Après, je sais pas ce qu'il s'est passé. Je me suis réveillée, je crois.

— Vous ne vous sentez pas libre, au foyer ?

— Hmmm… si, bien sûr. Il y a des règles à respecter, mais c'est normal.

— Alors, pourquoi, selon vous, assimilez-vous une personne comme le facteur, qui apporte des nouvelles, à un gardien de prison ?

— Je ne sais pas.

— Vous sortez un peu, avec les gens du foyer ?

— J'ai pas la possibilité de faire grand-chose tant que je n'ai pas le statut. Malgré tout, on est déjà allés au marché ensemble, par exemple. La dernière fois, nous avons fait une sortie au cinéma, mais ça ne s'est pas bien passé. J'ai décidé que je n'irais plus.

— Comment ça ?

— Des gens du foyer nous ont emmenés voir un film insupportable qui s'appelait *Django*, ou quelque chose comme ça. Ils ont dit que c'était un bon film, qui parlait de l'histoire d'un esclave affranchi. En fait, il n'y avait que de la violence, des hommes qui se tiraient dessus, beaucoup de sang. C'était horrible. Vraiment.

Le regard fuyant de Bibiche semblait retracer l'itinéraire des balles tirées.

— Vous souhaitez ajouter quelque chose, au sujet de la prison, par exemple ?

— Non. Il n'y a rien à dire de plus. C'était dur, mais, en ce qui me concerne, j'avais fait de la politique, donc je l'avais un peu cherché. Enfin…

Bibiche soupira, la bouche encore sèche.

— Vous voulez qu'on arrête là ?

— Oui, j'aimerais mieux.

Bibiche s'enferma dans sa chambre le reste de la journée, trahie, dévoilée, mise à nu.

22

Cette virée, Dinah et Bibiche l'attendaient avec impatience. Les beaux jours étaient de retour et elles ressentaient toutes les deux le besoin de sortir de Stains, de profiter enfin de «la plus belle ville du monde», dont elles n'avaient encore quasiment rien vu.

Sophie et Xavier leur avaient suggéré d'aller dans le «beau Paris», du côté des musées, de la tour Eiffel et des Champs-Élysées. Sophie leur avait imprimé un plan. Pour autant, elles mirent du temps à trouver leur chemin. Bibiche était trop facilement désorientée, confondait de plus en plus sa gauche et sa droite.

Quel que soit l'endroit où elles se trouvaient dans Paris, elles pouvaient apercevoir la tour Eiffel. De près, elle était époustouflante. Dinah, prête à prendre des photos avec son portable, repéra enfin un coin sur le Champ-de-Mars.

— Quand j'étais petite, mon cousin était parti en vacances en France et en Belgique. J'étais tellement jalouse de lui ! Il nous avait rapporté des clichés de la tour Eiffel. Et regarde-nous, maintenant ! Au moins, on peut dire qu'on a vu Paris. Et même qu'on y a vécu ! s'exclama Dinah.

— Oui, Stains, c'est pas Paris, mais on est tout près ! Tu as raison, y a de quoi se vanter.

— Oh, regarde, Bibiche, ce groupe de Chinois avec leurs drapeaux et leurs appareils photo ! Ils courent tous derrière le guide, on dirait des enfants. En tout cas, ils sont bien différents de ceux qu'on voit à Kinshasa. Tu crois qu'on devrait essayer de monter là-haut ? À ton avis, ça coûte combien ?

— Je crois que c'est un peu trop cher, et, surtout, on dirait que la queue n'avance pas ! Pire que la préfecture ! plaisanta Bibiche.

Le regard de Bibiche s'arrêta sur quelques vendeurs de souvenirs. Des Ouest-Africains, semblait-il. Ils tenaient des tours Eiffel miniatures dorées et jetaient leur dévolu sur les « Chinois ». Soudain, deux d'entre eux poussèrent un cri et s'enfuirent à grandes enjambées, bientôt suivis de tous les autres vendeurs à la sauvette. Quelques mètres plus loin, plusieurs policiers étaient à leurs trousses. Le cœur de Bibiche s'emballa, comme si Dinah et elle non plus n'avaient rien à faire là. Elle prit son amie par le bras sans dire un mot et l'entraîna vers un très long monument qui faisait face à la tour Eiffel. Le plan indiquait le Trocadéro. Au fur et à mesure que l'heure avançait, les lieux se remplissaient. Des groupes de touristes arrivaient de chaque côté, certains en bus, d'autres à pied. Un bus d'adolescents passa tout près d'elles.

— Parfois, quand je regarde les jeunes, j'ai du mal à croire qu'on a le même âge. C'est bizarre, je me sens tellement différente d'eux. Pourtant, j'aimerais bien faire partie de ce groupe, dit Dinah en désignant une bande d'ados visiblement excités. Tu vois, juste pour faire la fête avec eux, parler de choses de notre âge, sortir en boîte. Je suis jamais allée en boîte. Mes parents ne voulaient pas. Et toi ?

— J'y suis allée, bien sûr. À ton âge, j'avais pas le droit de sortir non plus, cela dit… C'est beaucoup plus tard que j'ai pu m'amuser avec mes amies. C'est vrai que ça te fera du bien de quitter le foyer. Mais je te vois pas dans ce genre de groupe, tu es très mûre et tu risquerais de t'ennuyer vite. Tu auras un bon travail et tu t'y feras plein d'amis. Tu vas voir !

— Tu as remarqué qu'il y a des salons de beauté et de coiffure à chaque coin de rue, ici ? On ne manquera pas de clients.

— Oui… Enfin, nous, on finira à Château Rouge, pas là !

— C'est pas grave, on aura quand même le salon le plus classe ! Le problème, c'est que je finis mes études dans un mois ou deux, et, sans papiers, je n'aurai pas de travail. Donc je suis obligée d'attendre encore. J'ai vraiment hâte !

— Après, ça passera vite ! Tiens, mange ton sandwich, j'y ai mis du thon, lui intima Bibiche.

Pour la suite du programme, elles avaient prévu une promenade sur l'avenue des Champs-Élysées. Dinah voulait faire les magasins. Elle rêvassa longtemps devant Louis Vuitton. Puis elles passèrent presque une heure dans une parfumerie, à tester les produits. Bibiche redoutait toujours autant son reflet dans le miroir et ne prenait pas le même plaisir que Dinah à s'appliquer du Rimmel. Elle se contentait de la regarder se pomponner. Dans l'avenue, ça grouillait de gens qui allaient et venaient dans toutes les directions.

Les voitures amplifiaient cette cacophonie, à coups de klaxon.

— Viens, Dinah, on va voir le palais présidentiel. J'ai besoin de sortir de là.

Elles reprirent leur parcours, tandis que Bibiche épongeait son front, en vain. Elles passèrent devant l'Élysée, admiratives.

— Tu crois que ça ressemble à ça, le palais de Gbadolite ?

Bibiche rit de bon cœur.

— Non, tu sais, je l'ai déjà vu, il y a quelques années. Ça n'a rien à voir, c'est peut-être vingt fois plus grand et bien plus luxueux ! Enfin, il était délabré quand j'y suis passée et, pourtant, il restait impressionnant, alors tu imagines quand Mobutu y vivait encore ?

— C'est ici qu'on devrait installer notre salon ! Comme ça, on pourrait coiffer le Président et il nous garderait en France rien que pour ça !

Dinah s'esclaffa, son téléphone brandi, prête à prendre une photo au cas où le président Hollande sortirait.

— Oh, tu sais ce qu'on peut faire ? Prendre un café en terrasse, comme dans les films ! Cherchons une terrasse, dans une rue moins jolie. Ça nous coûtera moins cher.

Elles continuèrent en direction de la place de la Madeleine, puis atteignirent les Grands Boulevards. De plus en plus de véhicules de police stationnaient sur les bas-côtés. Elles stoppèrent net, intriguées. La plupart des artères étaient bloquées par des camions de police. Un vacarme lointain se fit entendre, *crescendo*, comme à l'approche. Un tonnerre gronda. Un chœur de cris. Bibiche, au beau milieu du boulevard, était comme tétanisée.

— Ça va ? T'as pas l'air bien…

Bibiche hocha simplement la tête.

— Regarde ! cria Dinah.

— Qu'est-ce qu'ils font ?

Des centaines de personnes approchaient, haut-parleurs et drapeaux roses et bleus à la main. Une masse sans âge, mais déterminée. La première rangée, entourée de policiers, portait des écharpes bleu-blanc-rouge. Si Bibiche apercevait des enfants, les hurlements provenaient de voix caverneuses. Des hommes costauds et même des prêtres, pris d'une fureur de se faire entendre, haranguaient la foule. Ils se trouvaient désormais à leur hauteur. Bibiche suffoquait. Elle tentait vainement de se boucher les oreilles, quand Dinah l'entraîna sous l'auvent d'un hôtel. Bibiche faillit trébucher puis s'appuya à la colonne qui soutenait l'auvent.

— Tu es sûre que ça va ? Qu'est-ce que tu as ? Parle-moi !

Bibiche ne l'entendait pas. Le sol s'enfonçait sous ses pieds. Elle ne savait plus si ce sol était fait d'asphalte parisien ou de poussière kinoise. Quand le cortège fut à leur niveau, un puissant pétard explosa à quelques mètres à peine. Bibiche hurla de stupeur. Les manifestants mirent une bonne dizaine de minutes à disparaître. Pourtant, elle ne bougeait toujours pas, prostrée, le souffle court, les mains sur les tempes. Le silence revint, les policiers clôturaient la marche. Dinah chercha sa bouteille d'eau pour tenter de faire boire Bibiche qui leva enfin les yeux, comme si elle émergeait d'un profond sommeil.

— Je préférerais rentrer au foyer. Ça te dérange pas ? Ou bien, on peut se reposer un peu avant de repartir.

— Non, allons-y ! On finira notre journée tranquillement, dans ta chambre.

Bibiche avait gâché la fin de l'après-midi. Mais entre elles, aucune explication n'était nécessaire. Durant le trajet du retour, Dinah se lança dans une logorrhée sur les usagers du RER et Bibiche lui en fut infiniment reconnaissante.

23

Bibiche s'est jointe volontiers au cortège, cette fois par curiosité. Des prêtres crient : « UDPS vaincra ! » Des enfants chantent. Il y a de la joie, de la vie dans ce rassemblement. Xavier se tient à ses côtés. Soudain, la foule se met à gonfler et elle le perd de vue. Elle retourne sur ses pas, marche dans le sens inverse. Des épaules la bousculent, des pieds l'écrasent, néanmoins, elle continue. Quand elle retrouve enfin Xavier, il a ce même visage, rongé par l'acné, tout en étant une autre personne. Il lui parle en lingala, lui dit que la police est venue pour la chercher. Elle essaie de s'enfuir mais, une fois de plus, elle trébuche. Elle est paralysée, demande de l'aide, pourtant les gens passent à côté d'elle sans la voir. Xavier lui dit qu'il ne peut plus rien pour elle. De peur, elle s'urine dessus. Des policiers la soulèvent pour la jeter dans le camion. À l'intérieur, des femmes et un homme menottés.

24

La première fois que Raoul l'appela au téléphone, elle ne répondit pas. Deux personnes seulement le faisaient : Marguerite et Dinah. La deuxième fois, elle prit une grande respiration avant de répondre. Toujours cette crainte qu'on la cherche. La conversation fut brève. Il lui dit qu'il voulait la revoir et lui communiquer les coordonnées de son avocate. Le rendez-vous fut donné au service neurologique de l'hôpital Bichat.

Depuis sa rencontre avec Raoul, elle pensait souvent à lui. Au Cabinda aussi, d'ailleurs. Elle n'en savait pas grand-chose, si ce n'est que l'enclave se situait entre la RDC et le Congo-Brazzaville, et qu'une grande partie des Cabindais parlaient français, d'après ses recherches sur Internet. On disait aussi que certains y parlaient le lingala, bien qu'elle n'en soit pas sûre.

C'était agréable de penser à autre chose qu'à soi.

Une fois à l'accueil de l'hôpital, Bibiche sut que venir était la bonne décision. Elle indiqua vouloir rendre visite à un cousin qui y était hospitalisé. La propreté des lieux et les tenues soignées du personnel l'impressionnaient. Des flèches indiquaient les différents services. Même les malades qui déambulaient avec leurs perfusions avaient l'air rassérénés et confiants. Les explications d'une infirmière la menèrent devant le « service de neurologie et centre de traitement de l'attaque cérébrale ».

— Madame, on m'a dit que mon cousin se trouvait ici. Il s'appelle Raoul Nandos.

— Ah oui, ça me dit quelque chose... Laissez-moi vérifier.

Elle chercha dans son ordinateur, puis parcourut un cahier rempli d'annotations diverses.

— Il est arrivé hier, c'est bien ça ?

— Oui... je crois.

— Chambre 105.

Bibiche s'engouffra avec empressement dans les dédales du service, de peur d'être rattrapée, ou démasquée. Elle avait pris soin de mettre la même perruque de tresses courtes qu'elle portait à la cour, pour donner une chance à Raoul de la reconnaître. Elle hésita un instant avant d'ouvrir la porte.

L'homme était allongé sur son lit, la tête tournée vers la fenêtre. Il ne bougea pas tandis qu'elle s'approchait. Il dormait. Après un moment de doute, elle tira une chaise pour s'installer à son chevet. Maintenant qu'elle était là, autant lui tenir compagnie. Un son discret, comme un lent ronflement. Elle le contempla, gênée de le dévisager dans une situation aussi intime. Il semblait serein. Inoffensif. C'était bien la première fois qu'un homme lui faisait cette impression. S'il avait été combattant dans une vie antérieure, rien ne le laissait supposer aujourd'hui. La tête ronde, les yeux en amande, les lèvres épaisses. Ce visage sans âge, à la fois doux et marqué, racontait son passé sans trêve et son présent d'exilé. Sa peau était plus sombre que celle de Bibiche, une teinte cuivrée quand la sienne tirait plutôt vers l'ocre. Il avait, lui aussi, des mains abîmées, légèrement ridées.

Au bout d'un quart d'heure, Bibiche voulut s'en aller. Elle ne comprenait plus bien pourquoi il l'avait prié de venir. Elle se dirigea vers la fenêtre. Le printemps était là. En bas, des gens se promenaient dans un square, des femmes bavardaient en tenant à bout de bras des poussettes. L'une d'elles portait son enfant emmitouflé dans une écharpe sur son dos, un peu comme on le faisait au Congo. Elle avait découvert ici les balades au parc ou dans les squares. Dans la capitale de son pays, on marchait rarement sans but concret, pour l'unique plaisir d'admirer le paysage ou d'amuser les enfants.

— Bonjour. Bienvenue, assieds-toi.

Cette voix, comme venue de loin, la fit sursauter. Raoul l'observait à son tour. Il fixait son visage, sa nuque, semblait se demander qui était cette étrangère. Ils se toisèrent quelques instants, sans mot dire.

— Je suis désolée, je crois que je te dérange. Je peux partir, si tu veux.

— Non. Reste. C'est bien que tu sois là, je m'ennuie un peu. Et puis, ce n'est pas bien de trop dormir, sinon la nuit on n'est pas assez fatigué. Qu'est-ce que tu m'as apporté ?

Bibiche était interloquée.

— Non, mais tu sais que je n'aime pas les repas, ici. Je pensais que tu me rapporterais un plat cuisiné, ou au moins des biscuits !

— J'ai complètement oublié. Promis, j'y penserai la prochaine fois.

— D'accord… la prochaine fois, alors. Tu as passé une bonne journée ?

— Oui, merci.

— Tu as changé ta coiffure, on dirait.

— Non…

— Ça te va bien, de toute façon.

— Dis-moi, comment va la santé ?

— Pour l'instant, ça va. Je me fais opérer demain matin. C'est pour ça aussi que je dors. On m'a dit qu'il faut être reposé. Je ne sais pas si ça va servir à quelque chose, tout ça.

— Pourquoi doit-on t'opérer ?

— Pour retrouver un meilleur usage de ma jambe droite. J'ai la main droite qui tremble un peu aussi. Peut-être que ça va s'arranger. Enfin, bon… il y a tellement de choses à arranger chez moi ! Je suis déjà un vieux lion fatigué avant l'âge. Il n'y a rien à espérer.

— Ne dis pas ça ! Je suis sûre que ça va bien se passer.

— Si Dieu le veut. Il faut en profiter, je n'ai jamais eu droit à des soins de médecins aussi doués. Tu reviendras me voir après l'opération ?

— Euh… oui, si tu veux. Et après ? Tu penses rester combien de temps ?

— Une dizaine de jours. Tout dépend des papiers. Entre-temps, je peux toujours rester au foyer de France terre d'asile, d'après Marie-Claire.

— Ce sera fatigant, toutes ces opérations… Je peux te rapporter une boisson ? Il y a un distributeur dans le couloir.

— Oui, avec plaisir. Un café allongé, s'il te plaît.

Elle dépensa le peu de monnaie qu'il lui restait, ravie de la simplicité et du naturel de leurs échanges.

— Voilà. Attention, il est chaud, prévint-elle.

— J'ai parlé de toi à mon avocate. Elle a dit que je pouvais te communiquer son numéro de téléphone.

— C'est vrai ? Tu penses qu'elle va prendre mon dossier gratuitement ?

— Ça, je ne sais pas. Elle va sûrement vouloir le lire, d'abord.

— En fait… pourquoi tu n'as pas d'avocat privé ?

— Ah, ce terme me fait beaucoup rire. Un avocat privé, ça ne veut rien dire, ils font tous le même métier ! Je n'ai pas d'argent, c'est tout. J'en ai quand même rencontré quelques-uns qui prenaient très cher, mais ceux-là n'ont pas beaucoup de temps. Ils ont sur leur bureau des dossiers pour les cinq prochaines années et se souviennent à peine de qui tu es. Tout ça, c'est de la foutaise, comme disent les Français ! Maître Azoulay a aussi parfois des clients qui la rémunèrent directement, mais elle a du temps à consacrer à tous. Ce qui compte, je pense, c'est l'engagement. Peut-être que les juges prennent plus au sérieux ceux qui sont plus connus, mais après, un président, s'il est convaincu, il le reste, que tu paies ton avocat ou pas ! Y a du bon et du mauvais partout. Tu vois, non ?

— Oui.

— Tu es inquiète par rapport à tout ça ?

— Le rejet de l'Ofpra a été difficile à encaisser et, depuis, je me sens un peu déboussolée. Parfois, j'ai juste envie de laisser tomber. Rentrer dans la clandestinité.

— Surtout pas. Il faut se battre jusqu'au bout. De toute façon, faut pas être naïf, nous sommes un business rentable. Regarde, la cour est remplie de traducteurs qui font du rabattage pour ces avocats, au sein des communautés. Ce sont des apporteurs d'affaires qui promettent monts et merveilles. Je ne serais même pas étonné si, un jour, on m'apprenait qu'il existe des travailleurs sociaux du même acabit.

Bibiche assimila ces nouveaux éléments. En effet, elle était peut-être affaiblie et naïve, il fallait qu'elle se reprenne.

— Ça te dérange pas si on regarde un peu la télévision ? J'aime bien suivre les chaînes d'information. Ils répètent toujours la même chose. Pour moi c'est pratique, parce que j'ai tendance à oublier ce qu'ils ont raconté quelques jours, voire quelques heures avant, tu vois ?

— Bien sûr.

Bibiche alluma la télé qui était déjà sur une de ces chaînes-là, et augmenta le volume. Elle faisait semblant de se concentrer, mais jetait des coups d'œil furtifs en direction de Raoul, qui s'endormait de nouveau par intermittences. Il se faisait tard.

— Je vais y aller, finit-elle par dire, se risquant à le réveiller pour de bon.

— Merci de m'avoir rendu visite. Prie pour moi.

— Oui, je le ferai.

Bibiche était troublée. Son mari ne l'avait jamais encouragée, encore moins remerciée. Pas même quand elle vidait son compte pour payer le loyer, car il avait oublié une fois de plus de lui envoyer de l'argent. Encore moins quand, entre ses voyages, elle faisait tout pour lui rendre la vie agréable à la maison, dans l'espoir qu'il ne reparte pas vers une autre province, ou vers une autre femme.

— Excuse-moi... Comment t'appelles-tu, déjà ? Rafraîchis-moi la mémoire, lui demanda-t-il alors qu'elle s'apprêtait à franchir le seuil de la chambre.

— Bibiche.

25

Bibiche ne savait pas quoi faire de ses nuits. La télévision restait allumée. Encore une bande de jeunes, blonds ou rasés. Ils vivaient enfermés, eux aussi. Non pas pour se bagarrer en petite tenue autour d'une piscine, plutôt dans le but de cacher le plus longtemps possible leurs secrets. Ils avaient des secrets, pourtant, des caméras les épiaient vingt-quatre heures sur vingt-quatre, et, probablement, les Français aussi. Une prison dont ils raffolaient. J'ai plus de cent tatouages sur le corps. Je vis avec mon ex et sa femme. Je suis chasseur de fantômes. Leurs secrets ne ressemblaient en rien à ceux que Bibiche préservait. Elle jeta une de ses pantoufles à la tête d'une fille décoiffée qui souriait bêtement, interviewée dans un sas, avant de changer de chaîne.

Ailleurs, quelqu'un critiquait le président François Hollande face à un journaliste. Elle n'arrivait décidément pas à s'y faire. Les Français ne craignaient pas leur président. Pour l'instant, elle n'avait rien à lui reprocher. Au contraire, sa venue au sommet de la francophonie à Kinshasa, où il n'avait pas été tendre avec le président Kabila fils, l'avait marquée. C'était un épisode sans doute vite oublié par le commun des mortels, cependant, Bibiche, elle, l'avait gardé en mémoire. Tout comme bon nombre de ses compatriotes, sûrement. À son arrivée en France, voir comment le changement de régime s'était fait dans le calme et l'acceptation générale, à commencer par celle de l'ancien président, l'avait choquée. Ce n'était pas plus compliqué que de voguer d'une rive à l'autre de la Seine.

Lorsque la nuit l'étouffait, elle pensait à ses parents et redevenait enfant. Petite, quand elle faisait des cauchemars, elle aimait se faufiler dans leur lit et se recroqueviller tout au bord. Le matin, quand son père la découvrait dans le coin, il râlait, tandis que sa mère riait. Elle la prenait dans ses bras pour l'embrasser ou la chatouiller.

Ses parents, autrefois fervents opposants, étaient devenus avec le temps des nostalgiques de Mobutu. Ils lui racontaient des anecdotes de cette époque, les yeux brillants. Elle se souvenait pourtant de la liesse populaire qui avait conquis la capitale, ainsi que la maison, quand Kabila père était arrivé au pouvoir, porteur d'espoir. Au fil des années, le désenchantement avait gagné le cœur des Congolais, et fleurissaient des phrases comme : « Au moins, du temps de Mobutu, on avait un peu de dignité ! Et puis, on était solidaires, unis ! » Des paroles d'amertume. On en était réduit à ça, la quête du moindre mal. Un peu comme les demandeurs d'asile. Sa vie dans ce foyer était finalement, il fallait bien qu'elle en convienne, un moindre mal.

Repenser à ses parents, à leurs idéaux et leurs espoirs, la bouleversait. Pour chasser ces pensées, elle se mit à fredonner une chanson du grand maître Franco.

Senga ndambo, nga na senga te o, mawa, o nga na senga te, mawa o soki osengi mingi, nde bayini yo, mawa, o nde bayini yo e[1]. Les yeux fermés, Bibiche rit, transportée par la rumba. Elle se reconnaissait en cette personne qui n'osait pas emprunter de l'argent à ses amis, de peur de perdre toute dignité, de peur de perdre leur amitié. Elle chanta de plus en plus fort. Elle se revoyait qui dansait dans les fêtes familiales, après un baptême ou une communion. L'agitation demeurait sans doute l'une des choses qui lui manquaient le plus de Kinshasa. Le bruit, la musique, l'ampleur au Congo. Celui qui avait quelque chose à critiquer, à vendre ou à raconter chantait. La musique était le véhicule de la parole, par excellence. Dinah lui avait montré dans la salle informatique des vidéos d'un rappeur qui s'était exilé en Belgique, après avoir dénigré Kabila. On identifiait instantanément, parmi les stars congolaises, les amis du Président et ses ennemis. On vous sommait de choisir votre camp.

Ses journées, à l'inverse, étaient de nouveau rythmées par l'arrivée du facteur. Elle pouvait recevoir à tout moment une convocation de la CNDA et passer à son tour devant les juges. Elle n'était pas prête à affronter une telle audience. Hélas, ses rendez-vous chez la psychologue ne l'avaient ni aidée ni convaincue. Ludivine ne connaissait rien au Congo ni à la politique.

1. « Tu peux en demander un peu, mais moi je n'ose pas demander, ô, triste, ô moi je n'oserai pas, triste, car si tu demandes plus, on risque de t'en vouloir, triste, ô on t'en voudra [...]. »

Ces discussions avaient eu pour seul effet de brouiller les pistes. Bibiche se sentait toujours nue, nue d'un passé, de souvenirs, d'une histoire familiale. Nue comme le fœtus qui vient au monde sans mémoire ni conscience. Ses souvenirs précis avaient, pour la plupart, rejoint l'espace qu'habitaient son père et sa sœur Bella. Les contours de cette Bibiche qu'elle visualisait alors à peu près prenaient une apparence difforme. Comme si ces deux femmes qu'elle cachait l'une à l'autre avaient fait connaissance à son insu. Les séances étaient une épreuve dont elle pouvait se passer.

Pas de tribunal ni de juge pour entendre ce que Blaise ou Kangi avaient à dire sur les souffrances qu'ils avaient infligées. Pas de procureur pour les questionner, remettre en cause leur parole. Bibiche était la victime, le témoin et l'accusée. Elle était aussi l'avocate de la défense, pour défendre son histoire, son passé.

À travers les volets, le jour se leva doucement, à son grand soulagement. Elle entendit de l'autre côté du couloir Dinah taper les murs avec son balai, avant de descendre précipitamment les escaliers pour se rendre en cours. Bibiche enviait son quotidien. Au moins, elle avait de quoi s'occuper l'esprit. À son âge, c'était essentiel. Au foyer, il n'y avait pas beaucoup d'activités qui lui auraient permis de se changer les idées. L'après-midi, une femme venait dispenser des cours de français aux demandeurs d'asile que cela intéressait. Bibiche n'en avait pas besoin et manquait d'occasions d'apprendre. Elle avait donc pris l'habitude d'emprunter le journal à l'accueil. Aux images crues et violentes des informations télévisées, aux témoignages pris sur le vif elle préférait le papier beige, propre, les mots travaillés, réfléchis, qui faisaient tampon entre la vie du dehors et la vie du foyer.

Sept heures trente-deux. L'heure de descendre prendre son petit déjeuner. Elle massa lentement ses cuisses et ses mains de beurre de karité, pour l'odeur, avant de rejoindre ses compagnons d'infortune. Manger constituait une occupation acceptable, une occupation qui remplissait son corps vide, par la même occasion, à défaut de remplir son esprit. Tuer le temps avant l'arrivée du facteur. Tuer le temps dans l'attente de vivre.

26

Cette nuit-là, Bibiche la passe à moitié nue, avec Francine. Elles ont été contraintes de regarder les soldats violer Bibiche la petite et les deux jeunes filles arrêtées dans la matinée. Quand vient leur tour, les soldats, aux besoins manifestement assouvis, préfèrent se divertir en leur administrant des coups de bâton sur leurs fesses nues et en pinçant leurs seins jusqu'au sang. « Mets-toi là. » « Fais comme ça. » « À genoux. » Bibiche obéit sans plus se poser de questions. Elle est une poupée. Non. Même pas. C'est joli, une poupée. Elle, elle est laide, inutile. Surtout, elle est faible.

Bibiche ouvre les yeux et croit reconnaître ces murs.

27

Grâce aux ingrédients que Dinah lui avait achetés la veille dans une boutique de produits congolais, Bibiche avait pu cuisiner pour Raoul un poulet *moambe* aux feuilles de manioc, un plat typique de la région du Katanga. Raoul étant en convalescence, leur rencontre fut calme, dénuée d'énergie. Pour autant, son désir de le connaître n'était en rien entamé. À part Marie-Claire, son assistante sociale, peu de gens lui rendaient visite. Rester auprès de Raoul lui rappelait parfois les derniers mois passés au chevet de son père. Elle ne l'avait pas fait par sens du devoir. Ce sens du devoir, c'était Viviane qui l'avait toujours incarné. Non, Bibiche, en plus de l'amour qu'elle portait à son père, ressentait une certaine fierté quand, chaque jour, elle lui faisait la lecture. C'était un moment de complicité où, comme jamais auparavant, il semblait la considérer comme son égale.

À sa sortie d'hôpital, il fut convenu que Bibiche passerait le voir dans son foyer du dix-huitième arrondissement. Un matin de juillet, elle prit son courage à deux mains et lui annonça sa visite à l'improviste.

La chambre de Raoul Nandos était à peine plus grande que la sienne. Au fond, un lavabo dans lequel se trouvait de la vaisselle propre. Les murs étaient beiges et la porte d'un vert étrangement criard. Sur la table de chevet étaient posés des livres de philosophie et des lunettes de vue. Il boitait encore, alors que sa main droite ne tremblait plus. Bibiche le lui fit remarquer.

— Je t'ai préparé un café, dit-il. J'ai vu que tu aimais bien ça. Et c'est pas n'importe quel café, tu verras ! Ça vient du Cabinda… Je suis désolé, il n'y a pas grand-chose à faire, ici. En plus, j'ai encore du mal à bouger.

— C'est pas grave. Je suis juste venue te voir. Dans mon foyer aussi, on s'ennuie. Ça va ?

— On fait aller. C'est vrai que je maîtrise un peu mieux mon côté droit, mais dans la tête, là, je crois que ça ne va pas beaucoup mieux. Je confonds toujours certaines choses. Je n'ai pas eu le statut de réfugié, tu sais. Je pense que c'est à cause de ça. Dans ma tête, c'est comme un plat de semoule, dit-il en pointant du doigt le sommet de son crâne.

— Tu vas faire comment, maintenant ? Tu vas quitter le foyer ? s'inquiéta Bibiche.

— Pour l'instant, non. Marie-Claire m'a assuré que je pourrais rester encore quelques temps. Ils vont faire une demande de titre de séjour pour raisons de santé. C'est maître Azoulay qui va m'aider dans les démarches. Et puis, ça me permettra de retourner à l'hôpital, les médecins voudraient que je revienne. Tu l'as vue, maître Azoulay, d'ailleurs ? Tu lui as parlé de ton cas ?

— Oui, ça y est, elle a accepté de s'occuper de mon dossier.

— Tu verras, elle est bien, très sérieuse. J'aurais aimé l'aider davantage pour ma demande d'asile, malheureusement je n'ai pas réussi. On voyait qu'elle était déçue. Toi, ton problème, c'est quoi ?

— Mon problème ?

— Oui, tu viens de RDC. C'est tout ce que tu m'as dit la dernière fois, non ? Ou alors je ne m'en souviens pas. Tu fuis Kabila, n'est-ce pas ? Tu es de Kinshasa. Je m'y suis déjà rendu, un de mes amis y vivait.

— Ah oui ?

— Oui. Qu'est-ce que tu as fait, toi, pour te retrouver ici ? Pourquoi Kabila te cherche-t-il ?

— Non, c'est... Enfin... Je me suis évadée de prison. Et ils ont conservé mon nom dans les registres. Tu sais, c'est un moyen de pression sur ma famille. Je pense que mon frère et ma sœur ont dû quitter la capitale. Ils n'avaient pas le choix, après m'avoir aidée.

— C'est certain. Je crois savoir que l'agence de renseignements de Kabila est très efficace ! Ah, l'ANR ! L'ANR !... Tu milites, c'est ça ?

— Oui, à l'UDPS. J'ai milité durant presque six ans. Tu connais ?

— Oui, je connais bien Tshisekedi et tout ça. Tu as raison, je pense que c'était un bon choix, mais franchement, c'est loin d'être gagné. Faut continuer la lutte, Bibiche, même ici ! Tu parles au passé de ton engagement, mais c'est en toi, ça !

Bibiche n'aimait pas la tournure que prenait cette conversation. Sans paraître s'en apercevoir, il poursuivit son discours :

— Moi, si j'avais encore ton énergie, je ne baisserais pas les bras. Il faut parfois se sacrifier pour sa patrie. Ici, tu peux continuer, il y a des gens de ton pays qui se réunissent à Paris, tu sais. J'en ai rencontré au foyer, par exemple.

— Oui, mais tant que je n'obtiens pas le statut, je ne me sens pas suffisamment en confiance. C'est pour ça que je n'ai encore contacté personne, mentit-elle.

— Ah bon. Tu verras bien. Je pense que tu ne risques rien, au contraire. Ici, tu es tranquille. Quand j'étais plus jeune, j'ai combattu pour la cause du Cabinda ! Honnêtement, je ne suis pas fier de tout ce que j'ai fait, j'ai commis des actions violentes. Pourtant, je n'ai pas de regrets. J'ai passé le flambeau.

Il s'arrêta un instant, pris d'un étourdissement. Il s'allongea sur son lit étroit, avant de reprendre.

— Enfin si… j'ai des regrets, mais parfois j'oublie. Je ne retiens que ce qui m'arrange, probablement.

Peut-être que moi aussi, finalement. On est pareils, toi et moi, pensa-t-elle.

— C'est honteux. J'ai abandonné ma famille pour la cause. J'ai tout perdu, et le pire, c'est que j'ai oublié une grande partie de ma vie là-bas. Je souffre davantage, parce que je crois que Dieu ne m'a pas encore puni. S'Il avait déjà décidé de me punir, Il m'aurait laissé un cerveau intact pour que je me souvienne de tout. De tout le mal que j'ai fait à ma femme et à mes enfants…

Sa main se remit à trembler, d'émotion cette fois. Il ferma brièvement les yeux. Bibiche avait envie de poser sa main sur la sienne pour apaiser ce frémissement et l'inciter à en dire plus. Elle voulait savoir jusqu'où se situaient les limites de leurs mémoires respectives, s'il se pouvait qu'il ait *inventé* des souvenirs.

— Elle te ressemblait, ma femme. Jolie comme toi. Douce, très douce. C'est un défaut, tu sais. C'est peut-être pour ça qu'elle m'a supporté aussi longtemps. La pauvre ! J'espère qu'elle est heureuse aujourd'hui... La gentillesse, c'est une forme de faiblesse. Enfin, c'est ce que je pensais il y a quelques années, j'ai changé d'avis depuis.

— Comment tu sais que tu lui as fait du mal ?

— Elle me l'a beaucoup martelé. Toutes ces dernières années. Au début, elle était en colère contre moi, à la fin, elle en pleurait. S'il y a au moins une chose que je n'ai pas oubliée, c'est son regard, juste avant notre séparation. Un regard d'adieu. Elle était résignée. J'étais dur, à l'époque, je me disais qu'elle n'était pas à la hauteur, pour une épouse d'indépendantiste.

Le visage de Raoul se crispa de colère.

— Pourtant, tu as oublié le mal qu'on t'a fait, non ?

— C'est vrai. Enfin, je me souviens quand même de mon état d'esprit d'alors. Les faits, non. Je n'ai même pas été capable d'inventer quelque chose pour ma procédure. Mon cerveau n'arrive plus à apprendre. Maître Azoulay a elle aussi essayé de recoller les morceaux, de dire que j'avais fait un AVC en prison, que les tortures ont aggravé les choses et que j'ai été mal soigné. Seul Dieu connaît la vérité. L'unique chose que je peux affirmer avec certitude, c'est que les militaires angolais ne plaisantent pas. Quand ils t'attrapent, ils n'ont pas forcément envie que tu ressortes de là vivant... Je parle, je parle, mais je sais que c'est pareil chez vous.

Bibiche observa la carte du Cabinda, sur le mur qui lui faisait face.

— Il est bon, mon café?

— Oui, très bon.

— Ça, tu peux le dire, notre café est très convoité. Notre cacao aussi. Et je parle même pas du pétrole!

Il marqua une pause.

— Bibiche... où sont tes enfants?

— Je n'en ai pas.

— C'est bien, ça. Tu es encore plus libre, alors. Libre de militer ou de faire ce que tu veux. C'est quand même une vie de chien pour le moment, mais viendra un jour où tu pourras faire ce que tu veux.

Il ne la regardait plus, se concentrait sur le plafond de sa chambre. Il se massait les mains, comme s'il s'apprêtait à célébrer une messe.

— J'aimerais bien t'accompagner en audience devant la CNDA. Tu me diras quand tu passes?

— Oui... Je te tiens au courant.

— Tu vas à l'église, le dimanche?

— Oui, de plus en plus souvent. Ça me fait du bien de retrouver cette ambiance.

— J'aimerais bien, moi aussi... Ce n'est pas grave, l'essentiel, c'est la foi. Tu es chrétienne?

— Oui. Kimbanguiste.

Raoul secoua la tête, les yeux toujours rivés sur le plafond.

— Il y a trop d'Églises en Afrique, moi je ne sais plus qui est qui, qui fait quoi, ricana-t-il.

Bibiche resta auprès de lui une demi-heure de plus. À certains moments, des éclairs de vivacité le rendaient grave, préoccupé. À d'autres, il paraissait impuissant, perdu, mais toujours avec ce sourire aux lèvres qui l'avait déjà surprise lors de l'audience.

En partant, elle lui demanda s'il avait été prêt à mourir pour la « cause ».

— Mais je suis mort pour la cause ! Tel que tu me vois là, je suis mort.

28

Maître Azoulay exerçait dans un cabinet lumineux qu'elle partageait avec une autre avocate, dans la ville de Nanterre. Le voyage était long depuis Stains. L'avocate avait dû intervenir directement auprès de maître Minot pour que Bibiche récupère son dossier. Elle lui expliqua l'importance de la parole en audience, comme celle de l'écrit, pour crédibiliser sa demande. Pendant qu'elle parlait, Bibiche regardait à travers les fenêtres, plissait les yeux face à la lumière. Elle se sentait apaisée par cette chaleur venue cette fois de l'extérieur, et là, assise sur une chaise confortable, elle aurait voulu que les mots ne lui fassent plus peur. Elle aurait voulu qu'ils la réchauffent comme autrefois.

— En l'état, votre dossier est un peu faible, surtout si l'on se fonde sur votre premier récit et l'entretien à l'Ofpra. Qu'est-ce qu'il s'est passé à l'Ofpra? Vous étiez stressée?

— Bien sûr, j'avais même peur. Mais j'ai dit la vérité… Maître, quand est-ce que je passerai devant la cour?

— Ça, je n'en ai aucune idée. Malheureusement, ça peut prendre encore quelques mois.

Bibiche regarda de nouveau vers la fenêtre. Surtout ne pas défaillir. Elle résista à l'envie de se gratter les mains, prit garde de ne pas faire mauvaise impression. De toute évidence, l'avocate n'était pas dupe.

— Vous savez, dans un sens, c'est aussi un avantage pour nous ! Ça nous laisse le temps d'étoffer votre dossier. Et puis, c'est très rare que ça se passe bien à l'Ofpra. Maintenant, je suis à vos côtés et je vais vous aider. Ne vous inquiétez pas. La première des choses à clarifier, pour notre mémoire complémentaire, ce sont les raisons de votre militantisme. Vous voyez, moi, quand je relis votre entretien, je suis à moitié convaincue. Ça manque de précision. Certes, vous avez raison de dire que votre militantisme était naturel, parce que vous aviez conscience de l'absence de liberté, de sécurité, de progrès social, etc. C'est la réalité de la situation en RDC. Mais on a également envie d'en savoir plus sur vous. De comprendre pourquoi, vous, Bibiche, avez milité durant cinq ans ! Vous saisissez la nuance ?

— Oui... C'est plus en tant que femme que je l'ai fait, à la base.

— Vous voyez, ça c'est intéressant. C'est ce que les juges auront envie d'entendre ! On va développer ça, dit-elle, enthousiaste. Autre point, il faudra aussi rentrer dans les détails. Si j'ai bien compris, vous aviez des réunions deux fois par semaine durant cinq ans ? Vous faisiez quoi, en dehors des réunions ?

— En fait, je n'allais pas tout le temps aux réunions, j'avais parfois beaucoup de travail, disons que je rendais service dès que c'était possible. J'ai beaucoup plus participé à partir, euh, de... l'année 2010.

Les choses bougeaient. Il y avait davantage de manifestations à cause de l'élection présidentielle. On organisait des événements, on fabriquait des banderoles, on faisait de la propagande auprès des jeunes. On était très motivés.

— Vous avez un exemple de manifestation en particulier ? Je veux dire, à part le jour où vous vous êtes fait arrêter ?

Bibiche fouilla de nouveau dans sa mémoire. C'était bien le paradoxe de toutes ces démarches. Alors qu'elle était venue en France pour oublier, on lui demandait constamment de tout se remémorer.

— Oui… Quand Kabila a voulu changer la Constitution avant l'élection. Je me rappelle plus la date exacte.

— C'est pas grave, ce genre d'événement se vérifie facilement sur Internet. Je ferai des recherches.

— Merci, maître, répondit-elle, soulagée.

— Bon, maintenant, il y a vraiment un élément auquel on doit répondre à l'Ofpra. Vous vous souvenez de cette question que l'officier vous a posée sur les problèmes que rencontrait l'UDPS ?

— Oui, à peu près.

— J'imagine que vous avez probablement oublié, c'était il y a un an déjà !

Quand l'avocate se leva pour récupérer le dossier, Bibiche ne put s'empêcher de s'interroger sur son âge. Pas plus de trente ans. Sa jeunesse avait l'avantage de la rendre abordable ; elle ne devait cependant pas peser lourd face aux avocats grisonnants croisés à la cour, ou face à un maître Minot que sa réputation précédait.

— Ça y est, j'ai le doigt dessus. Question : «Que pouvez-vous dire de la crise que traversait l'UDPS?» Réponse : «La crise? Non, ça se passait bien.» Question : «Il n'y avait pas une crise de leadership?» Réponse : «Ah oui, c'est vrai. Il y avait un problème avec Beltchika, mais moi je ne suivais pas ça.» Question : «Ah bon?» Réponse : «Oui, je travaillais beaucoup à cette époque, mon mari était parti...» Vous voyez ce qui ne va pas, ici? Vous êtes confuse et, d'un coup, vous donnez l'impression de ne pas être très impliquée dans le parti, de suivre tout ça de loin.

— Oui, je comprends. Je n'ai pas eu le temps de développer. À la fin, c'est devenu trop difficile pour moi, je n'arrivais plus à m'exprimer correctement ni à me concentrer sur les questions.

— Tout à fait, madame Nyandu, c'est exactement cela. Ça se passe toujours ainsi à l'Office. Ils sont sans pitié ! Tout est dans la concentration, sinon on tombe dans le piège... Déjà, clarifions votre rôle au sein de l'UDPS. Vous étiez simple membre?

— Oui, membre actif. J'avais ma carte d'adhérente et je cotisais. En fait, je n'avais pas de fonction spécifique, j'avais pas le temps pour ça. C'est seulement lors d'événements particuliers qu'on me chargeait de faire de la propagande.

— Je comprends. Très bien. Si on vous pose la question, vous répondrez exactement ça. Au moins les choses sont plus claires. Et sur cette question de leadership, vous aviez raison quand vous parliez de Beltchika. Vous pouvez me donner plus de détails?

— Beltchika voulait tout simplement être lui aussi leader face à Tshisekedi, et un congrès s'est tenu, auquel je n'ai pas assisté. Par la suite, Beltchika, qui n'avait pas réussi à prendre la tête de l'UDPS, a créé son propre parti, le CDPS. C'est tout.

— En tout cas, vous en savez, des choses ! Quand vous serez convoquée, il faudra qu'on refasse le point sur tout ça, pour que vous soyez en mesure d'en parler aisément. Autre question, je ne sais pas si vous avez relevé, mais quand elle vous demande à quelle fédération vous apparteniez, vous dites celle de Lukunga. C'est sur cette base qu'elle s'est permis de juger que vous ne connaissiez pas l'organigramme de l'UDPS.

— Parce que, à l'époque où je me suis inscrite, c'était bien Lukunga, ensuite ce n'est devenu Funa qu'en 2010. Je comprends pas... pour moi c'est un détail, répondit Bibiche, affolée.

— C'est du passé tout ça, d'accord? Il faut qu'on se concentre à présent sur la suite. J'ai fait des recherches de mon côté, j'ai retrouvé un procès-verbal qui officialise exactement ce que vous venez de dire sur la fédération de Funa. Je l'ajouterai au mémoire complémentaire. Je suis d'accord avec vous, ce sont des détails, seulement, dites-vous bien que l'État est plus enclin à vous refuser le statut qu'à vous le donner...

Bibiche était abasourdie. « Le pays des droits de l'homme », comme les demandeurs d'asile se plaisaient à décrire la France, n'était en fait qu'une simple expression, vide de sens.

— Vous militez à l'UDPS France?

— Non, non.

— Vous avez des contacts avec eux?

— Pas du tout. Je sais qu'ils se réunissent ici, c'est tout.

— Je vais vous donner le contact du président. Il faudra qu'il vous fasse une attestation. Elles sont prises au sérieux car, en principe, une vérification est effectuée directement dans votre section. Si l'UDPS France retrouve votre adhésion, il pourra vous en fournir une. C'est une pièce importante... Maintenant, sur vos conditions de détention, je suis désolée, il va bien falloir préciser tout ça, vous comprenez ? Je vais avoir besoin de savoir ce qu'il s'y passait, au moins dans les grandes lignes.

— Oui, je sais. Le problème, c'est que je n'arrive pas à me les rappeler précisément. Je sais que c'était un endroit extrêmement sale, et puis cette odeur... Je me souviens un peu de la cellule, du quotidien, et de tout ça. On avait toujours peur, ça c'est sûr... Mais le reste ne veut pas sortir de ma tête de manière claire... Je ne sais pas si c'est mon imagination, ou si c'était bien réel.

— Si jamais vous souhaitez parler, ça restera entre nous. Et même à la cour, je pourrai demander un huis clos, c'est-à-dire que la porte restera fermée. Personne ne saura, à part les juges et moi. Vous avez vu un médecin, ici ?

— Oui, il m'a dit que j'allais bien. Il m'a fait quelques tests. Je dois aussi voir un gynécologue.

— Et comment ça se passe avec la psychologue ?

— Madame Cheral ? Je ne suis pas allée la voir, ces dernières semaines.

— Comment ça se fait ?

Bibiche réfléchit à la question, puis esquissa un léger sourire, comme pour se reprendre.

— J'ai voulu arrêter, car c'était compliqué.

— OK. Je pense qu'il va falloir revoir vos positions. Une attestation de la psychologue pourrait peser dans le dossier. Je dis ça pour votre bien, afin de mettre toutes les chances de votre côté pour obtenir l'asile. Je vais en toucher un mot à Sophie Tallandier, et puis vous en parlerez entre vous. J'ai eu des clientes qui avaient du mal avec les psychologues au départ, mais qui ont reconnu que, sans cette aide, elles auraient développé beaucoup plus de séquelles ensuite.

— D'accord…

— J'ai un autre rendez-vous après… On arrête là pour l'instant. Je vais rédiger un mémoire et vous le compléterez avec votre accompagnante, si besoin est. On fait comme ça ?

Bibiche fut prise d'une violente migraine. C'était loin d'être terminé, mais elle entrevoyait enfin une ligne directrice. Comme on adopte une stratégie de combat, son avocate lui avait dévoilé ce qui ressemblait à un plan d'attaque, bien plus grand qu'elle.

29

Un gardien lui ouvre la porte.

— Yaka tokende[1] ! *Fais comme si tu étais ma femme.*

Elle a du mal à le voir, mais croit le reconnaître. Même si ses yeux sont habitués à la pénombre, elle ne distingue pas vraiment son visage. Il s'agit de son mari qui est revenu, de celui qu'elle a pris soin, par mépris, de ne plus jamais nommer. Il est finalement de retour pour une bonne raison : la sortir de là, de ce camp. Il était temps ! Après tout ce qu'elle avait fait pour lui !

Il rit à gorge déployée. Il est bizarre.

— Mais je suis ta femme ! proteste-t-elle.

— Ah ça c'est sûr, Bibiche !

À mesure qu'ils avancent vers la cour intérieure, la pleine lune éclaire le couloir. Elle comprend mieux. Ce n'est pas son mari. Il n'est pas aussi beau que lui, et surtout, il a de l'acné, ou plutôt des sombres restes d'acné sur la peau. Il la tire par le bras de plus en plus fort. Elle ne sait plus où elle est.

— Fais comme si tu étais ma femme, répète-t-il.

Elle titube, entraînée par cet homme. Elle le reconnaît, c'est Blaise. Il l'emmène dans la petite pièce qui leur sert de bureau.

---

1. « Suis-moi ! »

— *Déshabille-toi.*

Dans un coin de la pièce est accroupie Lydie, nue. Elle pleure.

— *Déshabille-toi ! hurle-t-il.*

Bibiche refuse. Il lui assène une claque qui la fait flancher, elle qui n'est alors plus qu'un tas d'os. Quand elle est nue, il lui tend un pagne neuf.

— *Mets ça, dépêche-toi !*

Elle ne comprend pas, cependant, elle obéit, comme toujours. Une fois habillée, il la regarde en souriant de ses dents blanches qui brillent dans la nuit.

— Ata boye, oza mabe. Oza mbwa ya solo[1] ! *Allez, suis-moi.*

Il l'emmène en direction de la grille arrière, lui annonce qu'elle va pouvoir sortir de prison. Au moment où elle pense être libre, que la grille va s'ouvrir, c'est en fait vers ses quartiers qu'il la traîne. Il la guide vers son appartement et l'y enferme.

— *À ce soir, chérie ! lui dit-il après l'avoir embrassée.*

La nausée la prend.

---

1. « Même comme ça, tu es dégoûtante. Une vraie chienne ! »

30

Bibiche se tenait là, assise, sans trop savoir si elle devait s'excuser ou s'expliquer. Elle aurait aimé pouvoir simplement dire qu'elle ne reviendrait pas. Avoir le courage de Dinah. Le choix de renoncer, parfois.

— Ça fait longtemps, n'est-ce pas, Bibiche ?

Elle ne répondit pas.

— Vous aimeriez évoquer votre absence des dernières semaines ?

— Je ne sais pas... Je suis désolée.

— Mais pour quelle raison ?

— Ce n'était pas poli de ma part, alors que vous vouliez m'aider.

— Vous ne devez surtout pas vous excuser. Le principe d'une thérapie réussie, c'est qu'elle doit être volontaire, c'est en ça qu'elle sera utile. Il faut en avoir envie.

— Je n'aime pas parler autant, devoir toujours m'expliquer, répondre aux questions...

— Évoquer votre passé réveille sans doute des douleurs enfouies. Et puis, il est difficile de se dévoiler. C'est culturel aussi. Il y a des cultures dans lesquelles il est plus naturel de parler de soi, de ses sentiments, de sa vie. Et des cultures où, à l'inverse, ça paraît indécent. Vous ne pensez pas?

— Si. Certainement. Je n'ai pas l'habitude.

— Pourquoi êtes-vous prête à revenir?

— Mon avocate m'a dit que, de toute façon, ça ne peut pas me faire de mal pour mon dossier.

— Elle vous a dit ça et pourtant j'ai l'impression que ça vous a fait du mal, je me trompe?

— Je ne sais pas... En fait, c'est vrai que, même quand je venais vous voir, je continuais à me sentir mal. Après les séances, je me sentais vide, lessivée...

— Je suis désolée. C'est tout à fait normal que vous ressentiez ça. Je pense que le déclencheur de ces angoisses qui semblent s'amplifier est d'abord cette décision de l'Ofpra. Vous vous sentez rejetée dans votre histoire, votre souffrance. Sachez que ce rejet n'est pas un rejet global de la part de tous ceux qui vous questionnent. Je ne remets aucunement en cause ce que vous me dites. J'espère que nous parviendrons ensemble à vous soulager. Déjà, en essayant de préciser vos souvenirs... À ce propos, j'ai profité de votre absence pour faire le point sur nos échanges : votre engagement, comment je le relie à celui de votre père, votre parcours de femme engagée. J'ai commencé à mettre cela par écrit. Je pourrai vous laisser mes notes si ça peut vous aider par la suite.

Ludivine Cheral parut hésiter avant de poursuivre :

— J'ai vu que vous avez des cicatrices sur les mains. Vous savez comment elles sont apparues?

— Hmm... non. Je crois que je les ai toujours eues.

— Certaines cicatrices sur vos avant-bras ou près de vos poignets, par exemple, ont l'air récentes.

— Oui… C'est vrai.
— Vous dormez bien en ce moment ?
— Non, très peu. Je dors plutôt le jour, comme je vous ai expliqué. La nuit, j'ai tendance à faire des cauchemars.
— Vous voulez bien m'en dire plus ?
— En fait, je rêve surtout qu'on fait souffrir des gens que je connais.
— Qui ?
— Mes codétenues. Tantine, par exemple. Elle nous consolait souvent, nous prenait dans ses bras… Dans mon dernier rêve, les geôliers l'emmènent dans leur bureau. Ils viennent ensuite pour moi. Ils disent : « Bibiche, approche », mais on est deux Bibiche, en prison. Et là, ils nous ordonnent de déshabiller Tantine…
Bibiche leva les yeux au plafond pour implorer son Dieu.
— On me force à voir des choses que je n'ai pas envie de voir. Je crois… qu'ils lui donnent des claques partout. Une femme de cet âge ! Ils font aussi du mal à Bibiche la petite.
— Et ces gardiens de prison dans vos cauchemars, ils ont des visages ?
— Oui… C'est parfois celui d'un des surveillants. Petit à petit, je me souviens d'eux, à force de les revoir la nuit. Mais il arrive qu'ils aient des têtes différentes, celle du facteur ou même celle d'un accompagnant social.
Bibiche se courba, saisit l'un des mouchoirs offerts par Ludivine, puis ramena ses genoux contre son ventre comme pour se protéger.
— Ces femmes, je les appelais mes sœurs. Mais que faire ? Malheureusement, c'est ça la réalité dans mon pays. On a peur dès qu'on croise un militaire.

— Et vous, Bibiche, dans tout ça?

— Moi aussi, je craignais les militaires. Même ici, quand je dormais à la gare du Nord, je partais en courant quand je les croisais. J'ai mis un peu de temps à comprendre qu'ils n'étaient pas là pour moi.

— Et dans vos rêves, est-ce qu'on vous fait du mal?

— On m'écrase les mains, parfois. On me donne des coups de matraque. Il m'arrive de rêver que j'essaie de me cacher, mais on finit toujours par me trouver. J'appelle à l'aide, et personne ne vient. Vous savez, il m'arrive de crier vraiment et ça me réveille. À l'étage, ça crie beaucoup, la nuit.

— Vous avez l'impression d'être épiée, observée?

Bibiche réfléchit quelques instants.

— C'est ça... Je n'ai pas d'intimité. J'ai du mal à en retrouver une. Je ne sais pas comment l'expliquer. Même quand je suis seule dans ma chambre, j'ai peur que quelqu'un surgisse. J'ai envie d'être seule et, en même temps, je ne le supporte pas. Je dors avec la télévision allumée, par exemple.

— C'est le silence qui vous dérange?

— Non... Enfin, je ne sais pas. Peut-être que si. Je n'aime pas me retrouver seule avec mes pensées. J'ai l'esprit très encombré. En prison, on entendait tout le temps les gardiens nous dire : «Chut!», «Taisez-vous!», «Silence!». Mais le silence, c'était la mort. On avait du mal à se taire. On parlait, chantait, priait.

— Et aujourd'hui, vous aimez discuter avec vos amis, chanter, prier? Ce sont des choses que vous faites encore?

— Oui, j'aime parler avec mes amis. Cela dit, on n'évoque pas beaucoup nos soucis. Chanter et prier, ça me plaît aussi. Je chante des cantiques dans ma chambre ou à l'église, une façon pour moi de demander à Dieu d'avoir plus de courage, de me guider.

Bibiche prit une profonde inspiration.

— Je n'ai plus de but dans la vie… Tout tourne autour du fait d'obtenir une protection en France. Mais après ça ? Qu'est-ce qui m'attend ? Je voudrais qu'Il m'oriente vers le bonheur. J'en ai oublié le sens. Au Congo, je ne me posais même pas la question de savoir si j'étais heureuse ou pas. C'est ça la différence entre ma vie ici et celle d'avant.

— Je comprends… Je vais vous proposer un exercice, Bibiche. Vous allez vous allonger sur le canapé derrière vous et fermer les yeux.

Bibiche se déplaça prudemment vers le canapé gris.

— Vous êtes bien installée, là ?

— Oui, ça va.

— Prenez même un coussin, si vous voulez. Je vais me mettre tout près de vous. Je veux que vous gardiez les yeux fermés, d'accord ?

— Oui.

— Maintenant, je veux que vous vous détendiez. Dites-vous que je suis à vos côtés. J'aimerais que vous me fassiez confiance. Concentrez-vous sur ma voix. Je ne vais pas vous laisser dans le silence. Posez vos mains sur votre ventre et inspirez profondément par le nez. Vraiment, inspirez le plus profondément possible, en gonflant bien votre ventre. Quand vous arrivez au bout, expirez tout doucement. Faites ça trois fois de suite, en prenant conscience avec vos mains de votre ventre qui monte et qui descend.

Bibiche sentit peu à peu son corps se relaxer. Elle se retint d'ouvrir les yeux. Elle avait la sensation de s'enfoncer dans le canapé, une sensation douce qui lui permettait de retrouver son souffle, plutôt que de suffoquer.

— Vous semblez détendue. Moi, je reste là. Bibiche, dites-moi maintenant ce que vous ressentez par rapport à la séance d'aujourd'hui. N'ayez pas peur de me vexer. Nous sommes là rien que pour vous. Dites tout ce qui vous passe par la tête, les yeux toujours clos.

— Hmm... J'aime bien être ici. Mais j'ai honte de ce que je pourrais dire, murmura-t-elle, décontenancée par l'exercice.

Bibiche, de nouveau au bord des larmes, reprit la parole sans parvenir à retrouver son souffle.

— J'ai honte de pleurer en général, et pourtant, c'est ce que je fais le plus depuis que je suis ici. En même temps, vous avez l'air gentille et j'ai envie de vous faire plaisir. Je me demande souvent si vous me comprenez et aussi pourquoi vous vous intéressez à moi. J'ai peur de trop vous parler, à vous et aux autres, et de ne plus réussir à garder mes secrets. Il y a des secrets qui concernent aussi d'autres personnes et que je trahis...

— C'est très bien, Bibiche. Maintenant, vous allez reprendre votre respiration, comme tout à l'heure. De nouveau, trois profondes respirations.

Bibiche replaça les mains sur son ventre. Elle devinait l'air sur ses lèvres, et le silence se fit durant quelques secondes. Sans peur.

31

Bibiche avait mis du temps à avouer à ses voisines de l'étage cette amitié nouvelle qui la liait à Raoul. Seule Dinah était dans la confidence. Trop curieuse, elle aurait de toute façon fini par démasquer la raison de ses quelques escapades. Cela faisait déjà un certain temps que Bibiche rendait visite à Raoul, toujours dans l'attente d'un titre de séjour. Il avait subi une nouvelle opération à l'hôpital Bichat et, à cette occasion, Bibiche s'y était rendue, inquiète.

En quête de réponses, elle venait le voir. Elle ne craignait pas d'être jugée, ne se méfiait pas. Elle retrouvait lentement cette confiance en elle qui l'avait habitée, les derniers mois précédant son arrestation.

Raoul était assis en pantoufles devant une chaîne d'information, un livre à la main. Il sourit à sa vue et lui fit signe de s'asseoir sur le lit.

— Mets-toi à l'aise. Je t'attendais depuis hier.

— Oui, je suis désolée, je n'ai pas pu venir. J'avais oublié que j'avais un rendez-vous avec mon accompagnante.

— Alors? Où en es-tu? Toujours pas de convocation? demanda-t-il, oubliant que c'était la troisième fois qu'il lui posait la question en l'espace d'une semaine.

— Non, toujours pas. Maître Azoulay a envoyé un mémoire avec des nouvelles pièces. On espère que ça pourra servir.

— Quel genre de pièces ?

— Des articles sur la manifestation qui avait eu lieu le jour de l'arrestation. Une attestation de l'UDPS.

— L'UDPS ? Tu les as rencontrés ? Je t'avais dit, tu vois, qu'il fallait continuer à s'engager. C'est bien. Alors quelles sont tes impressions ?

— Ils sont… bien. Motivés. Je n'ai vu que des hommes. Je crois qu'il y a aussi un groupe de femmes. Je vais me renseigner.

— Très bien, ça ! Tu sais, je vois en toi un leader. Tu pourrais diriger les femmes d'UDPS France, ou quelque chose comme ça.

— Je n'en ai pas l'ambition.

— Peut-être, mais tu en as le courage. Tu me fais penser à une femme que j'ai connue durant la lutte. Elle s'appelait Clarisse, elle n'avait peur de rien. Elle militait aussi avec celles du Front de libération. Elle avait toujours des idées pour mettre en difficulté les militaires angolais. Hélas, du jour au lendemain, elle a disparu. Certains disent qu'elle a été enlevée, peut-être emprisonnée. D'autres disent qu'elle s'est réfugiée du côté de Pointe-Noire.

— Ah oui, et toi ? Tu en penses quoi ?

— C'est un peu des deux. Elle a dû être en danger, mais je suis sûre qu'elle a réussi à s'échapper. J'espère qu'elle n'est pas en RDC, car personne n'y est à l'abri à cause de l'extradition. Tu sais, les Cabindais et les

Congolais sont très proches, frères et sœurs, on peut dire. Toi, tu es une Clarisse congolaise !

— Tu te trompes sur moi. Et puis, je ne suis peut-être pas assez intelligente pour ça. Je n'ai jamais eu de stratégie ni d'idées. Juste des convictions.

— C'est la base de tout. Tu crois que tous ceux que tu as rencontrés à l'UDPS en avaient, des convictions ? Ceux qui ont de l'ambition sont souvent les pires, ils changent d'idée en fonction du vent. Je suis persuadé que le changement relève de la base des militants.

Bibiche avait déjà entendu ça de la bouche de son propre père, qui avait toujours refusé de jouer un rôle plus important au sein de l'UDPS. D'après lui, le moindre pouvoir entre les mains d'un homme était nocif. « Au début, ça n'a l'air de rien, puis quand viennent les grandes échéances, on est capable de se déchirer, on en oublie pourquoi on avait rejoint le mouvement, et on préfère la perte du parti plutôt que la perte de son petit pouvoir », répétait-il à ses amis militants qui lui rendaient visite. Bibiche se cachait dans le couloir pour grappiller ces bribes de conversation. Elle était avide de comprendre ce qui se passait dans son pays, les enjeux d'un tel engagement. À cette époque, le fait de dormir une nuit en prison lui paraissait chose courante. Elle était née sous la dictature, elle avait fui aussi la dictature. Seulement, il fallait avoir connu la prison pour en saisir l'impact sur une vie.

Raoul regagna lentement son lit, refusant l'aide de Bibiche. Il soupirait à chaque pas, de douleur. Allongé, deux oreillers sous la tête, il la fixait d'un air délicat et soucieux, comme s'il voulait lui transmettre un message ou simplement sonder ses pensées. Elle regardait rarement les gens dans les yeux, on lui avait bien trop répété dans son enfance que c'était impoli, effronté. Cette fois, elle ne se déroba pas. Jamais elle n'avait rencontré d'homme qui croyait en elle avec une telle évidence. Parce que, sur son lit d'hôpital, il se pensait à bout de souffle, il lui réservait ses rares regains d'énergie, lui livrant son passé – qu'il ressassait souvent. En mauvaise santé, c'était auprès d'elle qu'il décidait de passer ses journées. Ses souvenirs embués, c'est à elle qu'il les léguait. Bibiche découvrait qu'il n'était pas toujours nécessaire de se battre pour gagner le cœur et l'estime d'un homme. De cet homme-là, en particulier.

Elle se rapprocha du lit et lui sourit doucement. Ils se turent durant plusieurs minutes, s'observant mutuellement par intermittences. Plus que les discussions avec Raoul, c'était cet épisode que Bibiche garda en mémoire les jours suivants. Une façon bien à eux de se dire la profondeur de leurs sentiments respectifs.

— Je dis souvent que je suis foutu, alors que je n'ai même pas la cinquantaine, lui confia-t-il. Je suis lucide, voilà tout. Depuis que je te connais, j'espère quand même un jour retrouver ma forme d'avant. Tu vois, ne serait-ce que pour qu'on se promène un peu. Ça te dirait pas, toi ? On se sentirait moins à l'étroit.

Bibiche était surprise par cet optimisme qu'elle ne lui connaissait pas.

— Oui, ça me plairait bien. J'ai l'habitude d'être enfermée. C'est pas l'idéal, une vie comme ça, mais, pour l'instant, je me rends compte que ça me rassure.

— Tu as peur d'aller dehors ?

— Oui. Pas toi ?

— Non, c'est pas ça qui m'effraie. J'ai peur des opérations, par exemple. Je vis dans la peur de refaire un AVC. J'ai aussi peur de devoir retourner au Cabinda. Dans l'absolu j'aimerais y être. Je ne me suis jamais vu mourir ailleurs. Là, tout de suite, qui sait ce qui m'y attend ? Et puis, si je ne me réveille pas après une opération, je me demande ce qu'il adviendra de mon corps. Personne pourra payer mon rapatriement. On dit qu'ici les étrangers sans famille finissent incinérés dans des fosses communes municipales. Personne ne vient les pleurer. Tu te rends compte ? Tu es prêt à donner ta vie pour ton pays et, finalement, tu meurs loin, ailleurs, et seul. Et puis, si je meurs demain, ça veut dire que je ne t'aurai pas dit au revoir…

Bibiche avait envie de lui dire qu'il n'était pas seul. Ou alors qu'ils étaient peut-être seuls ensemble.

— On pourrait même aller danser. Tu aimes ça, danser, n'est-ce pas ?

— Oui, je ne sais plus comment on fait, mais j'aime ça !

— Ça ne s'oublie pas, Bibiche ! C'est impossible…

— Ah bon, même avec une mémoire comme la tienne ?

— Le seul problème, c'est ma jambe. C'est pas le cerveau qui garde ça en mémoire, c'est le corps tout entier. Tu sais, mon père a été l'un des plus grands danseurs de capoeira cabindaise. La capoeira, c'est un symbole de résistance !

Il coupa le son du téléviseur et tendit la main pour attraper celle de Bibiche.

— Reste encore un peu jusqu'à ce que je m'endorme.

— Oui, d'accord.

— Merci. J'espère que je vais faire de beaux rêves comme ça, dit-il, taquin.

La main de Raoul lâcha la sienne petit à petit, secouée par quelques spasmes annonciateurs du sommeil. Il arbora de nouveau ce sourire d'enfant libre.

32

Ces dernières semaines, Dinah était tourmentée. Son affaire avait déjà été renvoyée à une autre date à la demande de son avocate, qui attendait d'être payée. Entre-temps, son oncle avait dû lui envoyer le reste de l'argent. Cette fois-ci, le 15 janvier fut arrêté comme date d'audience. Agitée et nerveuse, elle n'ouvrait que très peu la porte de sa chambre. Ses études de commerce finies, Dinah était privée d'occupation, comme Bibiche et les autres femmes de l'étage. Son diplôme avait été fêté dans la joie et la fierté. Mais Dinah, en dépit de ses demandes auprès de la préfecture, n'avait pas obtenu le droit de travailler avec son titre de séjour, alors Bibiche faisait son possible pour l'égayer. Elle se laissait aussi plus volontiers coiffer et faire les ongles. Elles regardaient la télévision, se promenaient au parc, se rendaient au marché.

Cependant, Dinah refusait de sortir la plupart du temps. Elle préférait rester avec Bibiche, ou alors seule, dans sa chambre, à écrire dans son journal intime ou à passer le balai.

Quand elles se retrouvaient le soir, Dinah se confiait sur sa vie à Kinshasa. Elle racontait que son père, militaire, était commandant, alors même qu'elle avait affirmé auparavant qu'il était lieutenant. Il était aussi champion de boxe. Quant à sa mère, elle ne la décrivait qu'en termes flatteurs : « La plus belle femme de Limete, voire de la capitale ! » Bibiche ne remettait jamais en cause ce qu'elle disait, et, d'ailleurs, en contemplant Dinah, elle croyait volontiers en la beauté de sa mère. Quand Dinah ne parlait pas de ses parents, elle revenait sur son intention d'ouvrir son salon.

— Trois juges en plus, tu te rends compte ? À quoi ça sert ? dit-elle à Bibiche, la veille de l'audience. Tout ce que je raconte n'intéresse personne. Ils vont poser des questions sans m'écouter, parce que, depuis le début, ils pensent que je mens. Surtout moi, une gamine de cet âge, ça doit exagérer beaucoup de choses ! Encore heureux que Fatima ait fait une attestation pour m'aider. À force d'être prise pour une menteuse, c'est vrai que j'ai envie d'exagérer ! Peut-être que, demain, j'inventerai des histoires puisque, apparemment, ce n'est pas assez grave, ce que je raconte.

— Ne dis pas ça ! Ça dépend vraiment des juges… Il y en a qui sont gentils et qui te croiront. On en croise ici qui obtiennent le statut. C'est peut-être juste une question de chance.

— Justement. J'en ai pas beaucoup, de la chance ! Toi non plus ! rit-elle nerveusement. Et si on arrêtait de parler de ça ? Je sens que je vais pas en dormir de la nuit. Les examens de fin d'année, c'est rien à côté !

— T'as raison. Ne stresse pas, tu racontes ce qui s'est passé et c'est tout. Tu dis la vérité, et tu verras qu'ils s'en rendront compte. On ne quitte pas toute sa famille à ton âge sans raison ! Une jeune fille comme toi ! Tout le monde le sait.

Pour lui changer les idées, Bibiche lui proposa de visionner une comédie romantique. Devant le film, Dinah, perdue dans ses pensées, se peignait les ongles des pieds en rose.

— Dinah ?

— Oui ?

— Tu sais que tu n'es pas seule, hein ? Je serai toujours là pour toi, quoi qu'il se passe. Même si, parfois, je ne suis pas à la hauteur, ça ne change rien au fait que tu as une grande place dans ma vie. Je veux que tu sois heureuse.

— T'es folle de me parler comme ça ! Tu vas me faire pleurer.

Une fois endormie sur le lit de Bibiche, Dinah refusa de regagner sa chambre. Bibiche n'eut pas le courage de la forcer, alors que le lendemain était un jour important. Elle la poussa doucement sous les draps, contre le mur, puis s'installa au bord du lit. Le petit corps de Dinah contre elle était tout chaud et Bibiche retrouvait ses sensations d'antan, auprès de Bella. Seules contre tous.

C'est au cours des nuits passées en prison que Bibiche devint ce corps lourd, ce corps en dehors de toute réalité. Quand son corps était proie, son âme s'échappait, prenait ses distances. Alors, cette enveloppe corporelle restait à même le sol, pesante. Trop fatiguée pour prendre l'air, trop abîmée pour quitter l'ombre.

Avec Dinah à ses côtés, Bibiche était saisie par une impression de complémentarité. Deux sœurs, une grande et une petite. Un corps imposant et un corps frêle. Deux âmes sœurs, deux âmes qui vieillissaient parce qu'il le fallait. Bibiche ne s'endormit pas facilement, mais elle se sentait bien, comme délestée.

Le lendemain, Bibiche était trop nerveuse pour avaler quoi que ce soit. Elle pensa à Dinah toute la journée, pria pour elle, attendit anxieusement de ses nouvelles. Ses SMS restaient sans réponse. Finalement, Dinah rentra sur le coup de seize heures. Bibiche la retrouva au réfectoire, assise devant un bol de lait.

— Je me suis inquiétée. Tu ne m'as pas répondu. Raconte-moi, comment ça s'est passé ?

— Excuse-moi, je n'ai plus de crédit. Oui, ça allait. C'était très dur, il fallait raconter tellement de choses, bien plus qu'à l'Ofpra, j'ai eu du mal à le supporter… Trop, beaucoup trop de questions. J'ai pleuré, mais bon, j'ai tenu le coup jusqu'au bout. À la fin, mon avocate m'a quand même dit que, selon elle, ça s'était bien passé.

— Fais-lui confiance, elle a de l'expérience.

— Oui, sans doute. À l'Ofpra, déjà avec un seul officier, c'était pénible. Là, c'est trois fois pire. Enfin, je m'en fous, de toute façon. Si ça ne marche pas, j'aurai un visa par le travail, grâce à mon salon de coiffure. Et sinon, je rentrerai au pays. Je me cacherai avec ma sœur.

— Ne dis pas de bêtises, Dinah ! Tu es bien plus utile à ta famille en cherchant la sécurité ici, au lieu d'être en danger là-bas.

Dinah, lasse, grimpa les escaliers. Il fallait de nouveau attendre. Toujours attendre.

33

Bibiche se retrouve boulevard Barbès à observer ces femmes immobiles, ces femmes quasi plastiques. Parmi elles, ses amies codétenues. Elle reconnaît les bras fins de Francine, les yeux en amande de Lydie, les longues mains de Tantine, et puis, surtout, cette bouche en forme de cœur de la jolie jeune fille qui n'est en prison que pour quelques semaines. Elle leur sourit, mais seule Francine lui fait un clin d'œil.

Elle caresse alors la vitrine et veut s'enfuir, quand un homme à l'intérieur lui fait signe d'entrer et de s'installer à leurs côtés. «Je t'attendais, Bibiche.» Il lui demande de se déshabiller et de choisir une position confortable.

À travers la vitrine du salon de coiffure, les hommes peuvent venir à leur tour la contempler. Elle est alignée aux côtés des autres femmes. Elles sont nues, et les hommes les observent. Certains durant de longues minutes; d'autres, furtivement en passant. Bibiche tremble à l'idée que l'un d'eux pénètre dans le salon et la choisisse, elle. Elle voudrait bouger, mais ses membres progressivement se figent, deviennent durs, inamovibles, comme s'ils étaient faits de cire.

34

— Vous êtes bien, là, Bibiche ? Vous êtes détendue ?

— Oui, répondit Bibiche, de nouveau allongée sur le canapé gris.

— Bon, nous allons procéder comme ça maintenant, d'accord ? Peut-être que c'est mieux pour vous de ne pas vous retrouver complètement face à moi... Vous avez repensé à la dernière séance ? Quel est votre ressenti ?

— Ça a été assez violent pour moi, cette séance.

— Violent ? Pourquoi ?

— Par rapport à ce que je racontais sur le moment. Après, j'ai encore beaucoup réfléchi... je continue à mal dormir.

— Quand est-ce que vous sentez ce sentiment de violence en vous ? À quelle occasion ?

— Assez souvent. La violence qui vient des autres. Une porte qui claque. Quelqu'un qui crie dans la rue. Des phrases, aussi, peuvent être violentes.

— C'est-à-dire ?

— Des phrases qui me perturbent... Par exemple, en français, on dit souvent : « Je meurs de faim », « Tu te tortures l'esprit », « C'est à s'arracher les cheveux », « Je me fais un sang d'encre ». Je ne supporte pas ces expressions... J'ai eu du mal, d'ailleurs, au début, à comprendre qu'il s'agissait d'une façon de parler, qu'on les prononce juste comme ça, sans vraiment faire attention.

— Pourtant, quand vous me racontiez ce qui se passait en prison, vous avez utilisé des mots réalistes, mais pas violents. Comme si vous aviez un peu peur de certains mots.

— Oui, certains font honte ou nous salissent.

— Donc, pour vous, verbaliser quelque chose qui a pu se passer, c'est comme le revivre? Un sentiment de peur ou de honte?

Bibiche se tut un instant.

— Oui... Je crois que c'est ça.

— C'est normal. C'est ce que je vous expliquais la dernière fois.

— Donc pour que la France accepte de me protéger, il faut d'abord que je revive toutes ces souffrances encore et encore.

— C'est injuste, mais oui, en quelque sorte... Passer par là peut aussi, à long terme, vous libérer de vos démons. Vous me parliez des cauchemars que vous faites. Avez-vous réussi récemment à démêler ce qui est vrai de ce qui ne l'est pas? Enfin, pas ce qui est vrai, ce qui est réel, plutôt.

— Un peu... Je crois que la réalité était souvent bien plus dure. Il n'y avait pas un soir où les militaires ne leur faisaient pas l'amour, vous savez. Ils voulaient qu'on soit comme des animaux. On ne pouvait sortir que pour vider la bassine remplie d'excréments.

— Bibiche, ce n'est pas «faire l'amour». Je sais que c'est difficile, mais, pour dépasser certaines choses, il faut avant tout pouvoir les nommer correctement. Ce sont des viols, ce dont vous avez été témoin.

Bibiche marqua un temps d'arrêt en se grattant machinalement les mains.

— Oui… c'est ça. Des viols.

— Ce n'est pas un joli mot, Bibiche, n'est-ce pas ?

— Non.

— Et ces gardiens, alors ? Ils ont bien existé ? Vous en êtes sûre, maintenant ?

— Oui. Il y en a un, je n'arrive plus à me rappeler son nom. Les deux autres, je m'en souviens bien. Le plus jeune, avec des taches sur le visage, et l'autre… beaucoup plus musclé. Lui, c'est Kangi. Le jeune s'appelle Blaise. Ils étaient là surtout la nuit. Ils nous disaient de nous taire chaque fois et, en même temps, ils nous empêchaient de dormir…

— Vous avez passé cinq mois là-bas, c'est bien ça ?

— Oui. C'est ma sœur qui a réussi à me faire sortir.

— Votre sœur aînée, celle qui n'était pas en faveur de vos activités politiques ?

— Exactement.

— Vous avez pu parler ensemble de la prison, ou de votre évasion ?

— Non, tout a été très rapide. Elle m'attendait avec sa voiture devant la grille. Je lui ai demandé comment elle avait réussi à me faire sortir. Elle m'a expliqué avoir payé le gardien Blaise. Et qu'elle essaierait de partir pour Luanda avec ses enfants, pour se cacher.

— C'est Blaise qui a été payé ?

— Oui, il m'a dit que je devais faire comme si j'étais sa femme. Il m'a ouvert la grille, et je suis partie.

— Comme si vous étiez sa femme ?

— Eh bien, mettre un pagne propre, me comporter naturellement et sortir. Au début, Blaise m'avait dit qu'il était temps de me transférer à la prison Makala, de façon définitive. J'étais terrorisée, parce que, là-bas, une détention pouvait durer des années au lieu de mois. Il m'a dit que c'est pour ça qu'il était venu me chercher dans ma cellule. Mais finalement, il m'a traînée jusqu'à la grille et m'a dit que j'étais libre. Comme ça.

Soudain, ce flash-back d'un coup de bâton.

— Que ressentez-vous par rapport au fait que celui qui vous a laissée partir est aussi votre… bourreau?

— Il me dégoûte. Ça me dégoûte. Le… Le fait que j'aie dû faire semblant d'être sa femme. Comme si, comme si… j'avais envie d'être vue à ses côtés… Comme si de rien n'était. Et, surtout, comme si je devais dire merci, car j'étais enfin libre.

— Vous n'étiez pas libre de consentir, Bibiche. Vous deviez absolument sortir de cet enfer… Et votre sœur, alors? Vous avez pu lui dire au revoir? Comment ça s'est passé?

— Donc, elle m'a dit qu'elle et mon frère avaient économisé pour payer Blaise et que, maintenant, il fallait que je m'en aille pour de bon. Elle m'a donné de l'argent et l'adresse de quelqu'un à Brazzaville qui devait m'aider à venir en France. Je lui ai dit au revoir, mais… je n'ai pas pu dire au revoir à ma mère. C'est ça le plus dur. Aujourd'hui, j'espère que ma sœur a pu se réfugier à Luanda. Et mon frère… Hors de question que j'y remette les pieds, même sans statut! Les gens de l'UDPS que j'ai rencontrés m'ont raconté que ceux qui rentrent au pays, parce qu'ils n'ont pas obtenu l'asile, sont attendus à l'aéroport et jetés directement en prison.

Un frisson lui parcourut l'échine à cette idée.

— Comment s'est déroulée votre visite à l'UDPS ?

— Bien, malgré mon anxiété. Ils ont vérifié mon identité et mes cotisations dans ma section, et j'ai pu obtenir une attestation officielle.

Bibiche soupira.

— Excellente nouvelle ! Vous allez les revoir ?

— Non, pas pour le moment. Ils m'ont dit plusieurs fois : « Ma sœur, viens aux réunions, tu vas voir, il y a beaucoup de gens comme toi, etc. » Mais je n'ai pas envie d'être avec des « gens comme moi ». Je sais ce que ça veut dire… J'ai quand même gardé leurs cartes. Peut-être qu'un jour je les appellerai. Et puis, voilà, j'ai milité à l'UDPS, je suis allée en prison, mon histoire est affichée sur mon visage, surtout entre compatriotes.

— Surtout, ne vous forcez pas. Prenez votre temps.

— Oui, le temps, je l'ai. J'en ai beaucoup à revendre.

— Vous vous ennuyez toujours autant, au foyer ?

— Oui. Heureusement qu'il y a Dinah ! On s'occupe ensemble, on prend soin l'une de l'autre.

— Il y a d'autres personnes au foyer avec qui vous vous entendez bien ?

— Oui. On essaie d'être solidaires. C'est pas toujours facile. On avait une amie guinéenne à notre étage. Elle est partie la semaine dernière. Elle a obtenu le statut. C'est peut-être la troisième fois depuis que je suis là qu'on voit quelqu'un partir. On est contentes pour elle, bien sûr. Mais, pour être franche, on est jalouses, aussi. En tout cas, moi je suis jalouse, et j'entends les réflexions que font les autres.

— Qu'est-ce que vous vous dites, dans ces moments-là ?

— Qu'elle part vers une vie merveilleuse, qu'elle prend un nouveau départ. Ce nouveau départ, j'ai du mal à y croire. Et puis, il n'y a pas de place pour tout le monde. Donc, je fais le calcul, si elle a eu le statut, alors est-ce qu'il me reste une chance ? Et à Dinah ?

Les cheveux longs de Ludivine Cheral formaient au-dessus de Bibiche un rideau protecteur, rassurant. Oui, elle s'imaginait le bonheur de ses anciennes amies du foyer. Seulement, elle était encore plus envieuse de la vie de cette psychologue. Elle la voyait dans sa maison, retrouver ses enfants et son mari. Ils sont beaux, les petits ont déjà pris leur bain et ils sentent bon. Un garçon, l'aîné. Une fille, vêtue d'un peignoir rose. Le mari a préparé une soupe de légumes. Elle n'a plus qu'à se déchausser pour allonger ses jambes sur le canapé.

Elle réfléchissait à sa condition, se demandait pourquoi, dans cette partie du monde, tant de gens menaient une vie simple, faite de plaisirs et sans peur. « Parce que si tu n'étais pas congolaise et engagée, tu ne serais pas aujourd'hui aussi forte, aussi consciente de la nécessité d'être libre. » Voilà ce que lui aurait répondu Raoul.

35

Dinah lui avait envoyé un SMS, lui demandant de la rejoindre dans la petite salle de réunion, près du réfectoire. Elle l'y attendait, accompagnée de Marie, Sifa et Josepha, les voisines de l'étage, mais aussi de Sophie et de Xavier.

— Surprise ! crièrent-ils tous en chœur.

Bibiche ne comprit pas et resta plantée là, hébétée.

— Ben, il paraît que c'est ton anniversaire, non? demanda Xavier.

— Oui ! J'avais oublié !

Elle rit, se sentit à la fois idiote et ravie de cette marque d'attention.

— Il ne fallait pas, vraiment !

— Ah ben si, tu plaisantes ! Il faut bien fêter les événements joyeux ! lui répondit Sophie. Et il y a une autre surprise, en plus, qui arrive d'une minute à l'autre.

— En attendant, je sers le champagne, dit Dinah, brandissant une bouteille de Champomy. Hmm... on va se régaler, un grand cru, ajouta-t-elle en singeant une dégustation d'œnologue.

— Un vrai clown, cette Dinah, comme toujours ! dit Sophie.

— Je m'intègre, moi ! C'est comme ça qu'on fait quand on est français, non ? On sent d'abord son verre et, après, on boit juste une gorgée, qu'on laisse dans la bouche !

— Andouille, va ! Alors Bibiche, ça te fait quel âge ? Ou bien est-ce un secret ?

— Non ! J'ai trente-sept ans, en fait. Ça commence à faire beaucoup.

— Tu as encore la vie devant toi, je te rassure ! Hein, Xavier ? Regarde-le, le pauvre, avec ses cinquante balais et ses cheveux blancs !

— On a autre chose à fêter, d'ailleurs, ça mérite aussi un toast, dit Xavier. Sifa, tu as dit à tes amies que tu avais obtenu le statut de réfugiée ?

— Oui, je l'ai su ce matin !

Elle exultait. Les autres femmes applaudirent. L'espoir était donc permis.

— Tu vas partir, alors ? s'enquit Dinah.

— Oui, je vais devoir laisser ma chambre. Je suis un peu inquiète, parce que je parle pas encore très bien le français. C'est pas facile.

— Ça ira, tu parles déjà beaucoup mieux, la rassura Sophie.

— Et puis, on lui a déjà trouvé un studio pas très loin d'ici. Ne t'inquiète pas, Sifa, on ne va pas t'abandonner dans la nature, on sera toujours présents. On va tout faire pour t'aider à t'insérer ! promit Xavier.

— Tu vas pouvoir chercher du travail ! Quelle chance !

Dinah semblait osciller entre anxiété et gaieté.

— Oui, bien sûr, c'est ce que je vais faire à partir de lundi.

À ce moment-là, deux mains couvrirent la vue de Bibiche. Elle sursauta, prête à se défendre.

— Devine qui c'est ? lui dit une petite voix.

— Teddy ! s'écria-t-elle.

— Eh oui !

Bibiche se retourna. Elle hésita une seconde, puis se jeta dans les bras du jeune garçon. Elle embrassa sa sœur et leur mère Marguerite. Teddy était maintenant presque aussi grand que Jasmine. Quant à cette dernière, elle semblait être devenue une jeune femme. Marguerite lui sourit.

— Viens Jasmine, il faut que je te présente Dinah. Tu t'en souviens ? Je t'en ai parlé !

Les deux jeunes filles s'éclipsèrent pour faire connaissance. Bibiche présenta Marguerite aux convives, fière de lui faire découvrir sa vie au foyer, de lui montrer qu'elle avait réussi à s'y faire une place. Ils s'installèrent autour de la table pour partager les gâteaux de Marguerite. Les conversations allaient bon train quand Dinah réapparut et insista pour descendre le lecteur CD.

— S'il te plaît, Sophie, j'ai un cadeau pour Bibiche ! J'en ai besoin !

— OK. Mais pas trop de bruit, s'il te plaît !

Dinah s'enfuit en courant, avec Jasmine sur ses pas, pendant que Marguerite offrait à Bibiche un parfum français. Elle ne se souvenait plus à quand remontait la dernière fois qu'elle avait reçu un aussi beau cadeau.

— Et voilà ! dit Dinah en appuyant sur le bouton du lecteur. Bibiche, je suis sûre que ça te rappellera de bons moments ! J'ai préparé ce disque rien que pour toi !

Les premières notes de musique retentirent, notes que Bibiche reconnut aussitôt : la rumba du grand maître Franco. Elle avait raconté à Dinah que son père l'écoutait durant des heures chez eux. Elle était sur le point de pleurer, mais Dinah et Jasmine, qui l'entraînaient déjà sur la piste aménagée pour l'occasion, ne lui en laissèrent pas le temps.

— Oh, c'est de la musique de vieux ! se moqua Teddy.

— Oui, et alors ? Allez, viens faire danser les femmes ! lui ordonna sa mère.

Dans une ambiance surannée, le petit groupe se trémoussa sur les morceaux favoris de Bibiche. Teddy la fit danser avec bien plus d'assurance qu'il n'avait voulu laisser paraître. Elle aurait tellement aimé que Raoul soit là pour partager ce moment avec elle. Cette impression d'insouciance qu'elle croyait bel et bien enterrée refaisait surface d'une délicieuse façon. Elle était avec ses amis sur l'avenue Victoire, côté Matonge. C'était dimanche et ils avaient la vie devant eux.

Marguerite et ses enfants repartirent à la tombée de la nuit, tandis que les autres filles obtinrent de Sophie la permission de s'attarder pour finir les restes de gâteau.

Cette nuit-là, Bibiche s'endormit en pensant à ses parents qui, dans son enfance, l'emmenaient dîner au restaurant, à chaque anniversaire. Elle crut sentir une main lui caresser la joue, comme le faisait sa mère, autrefois.

Le lendemain, dimanche, Bibiche s'apprêta pour faire un tour au marché et, si le cœur y était, à l'église kimbanguiste. Elle s'y rendait désormais une à deux fois par mois, pour se ressourcer. Dinah préféra faire son ménage plutôt que de l'accompagner. Bibiche se servit un café noir ; elle avait perdu l'habitude de dormir plus de trois heures d'affilée. De bonne humeur, elle sourit à tout le monde, encore touchée par la petite fête surprise de la veille. Elle promit à Sifa de l'aider, dans l'après-midi, à rassembler ses affaires et à remplir des formulaires administratifs.

Elle mit son écharpe sur laquelle elle versa quelques gouttes de son nouveau parfum. Un soleil qui ne réchauffait pas l'attendait à l'extérieur. Au marché, elle fit le plein de fruits, déambula, comme jadis au Grand Marché de Kinshasa, parmi les fleurs, les épices et les légumes. Elle acheta aussi du beurre de karité et des vernis à ongles bon marché pour Dinah et elle. Un des vendeurs congolais lui proposa du *saka-saka* et des bananes plantains. Elle envoya un SMS à Dinah pour savoir ce qu'elle souhaitait manger à midi. Mais celui-ci resta sans réponse.

Onze heures trente. À force de flâner au marché, il était trop tard pour se rendre à l'église. De retour au foyer, elle sentit, à peine le pas de la porte franchi, que quelque chose était différent, sans pouvoir l'identifier.

Au rez-de-chaussée régnait une agitation inhabituelle, comme si un rassemblement se préparait. Elle décida de ne pas y prêter attention et se dirigea vers les escaliers, à l'arrière. À son étage, toutes les portes étaient ouvertes. Des éclats de voix fusaient de la chambre de Dinah. Elle reconnut la voix de Marie qui semblait hurler au téléphone. D'instinct, Bibiche lâcha son panier et se rua au fond du couloir. Josepha se précipita vers Bibiche, dès qu'elle l'aperçut.

— N'entre pas ! Viens avec moi !

— Comment ça? Qu'est-ce qu'il y a? hurla-t-elle. Laisse-moi passer, tu m'entends ! Où est Dinah?

Josepha ne parvint pas à résister. Bibiche pénétra dans la chambre et chercha Dinah du regard, puis courut à la fenêtre où les filles étaient attroupées, immobiles, effrayées ou en larmes. Elles s'écartèrent. En bas de l'immeuble gisait Dinah, inanimée. Sifa prit la main de Bibiche.

— Les pompiers arrivent, murmura Marie à ses côtés.

Bibiche hurla de douleur et descendit les escaliers à toute vitesse. De tous les cauchemars qui parasitaient son esprit, celui-là était de loin le pire. Elle ne vit pas les secours arriver, elle ne les sentit même pas la mettre de côté ni lui administrer un tranquillisant. Sur la pelouse, entre prières et lamentations, elle appela sa mère au secours.

Troisième partie

« Cela me donne de la force de savoir que vous êtes là,
une force incroyable.
Je veux investir vos yeux, vos oreilles,
l'espace qui nous sépare.
N'est-ce pas une bénédiction de nous avoir
les uns les autres ?
Je suis vivant, vous aussi, et nous avons un devoir
de parole. »

Le Grand Quoi, Dave Eggers

36

Des réponses. Il lui fallait des réponses. Dinah, morte. Disparue. Un miracle, il lui fallait un miracle. Oui, sur le moment, elle n'avait rien trouvé de mieux à faire que prier. Toujours le même prophète qu'elle appelait à l'aide : Papa Simon Kimbangu. Après tout, son culte était né d'un miracle : la guérison d'une fille de seize ans qui agonisait.

Nasalaki mabe mingi epayi nayo
olimbisa ngai
Nalingi lisusu bongo te ya kosalisa nga
Makasi na ngai ejali moke
Simba nga lokolo, nalonga moyini
satana pe na mabe naye[1].

Après le recueillement vinrent les pleurs, puis les cris de rage. Bibiche, méconnaissable, passa plusieurs jours

1. «Me voici dans Tes bras, ne m'abandonne pas! /Je me remets entre Tes mains, Seigneur, /Trouve-moi une place dans Ton cœur! / Je suis conscient d'avoir beaucoup/Transgressé devant Toi./Pardonne-moi, Seigneur! /Je voudrais bien en finir avec cette vie-là./Seigneur, aide-moi pour y arriver./Ma force s'évanouit! /Seigneur, affermis-moi, /Pour que je puisse me libérer de Satan et de son emprise.»

– elle ne les comptait plus – prostrée sur son lit. Les mercredis soir furent les plus pénibles. Elle s'attendait à ce que Dinah ouvre la porte, fidèle, le sourire aux lèvres ou la moue boudeuse. Son corps d'adolescente, tout chaud, en pyjama, qui se glissait dans le petit espace qui la séparait du mur. Un rayon de soleil. Parfois, Bibiche pensait la trouver sur son lit, un peigne et du beurre de karité à la main, prête à se faire coiffer ou à la coiffer.

Autour d'elle, le monde n'avançait pas. Avait-il déjà avancé, d'ailleurs, depuis qu'elle l'avait pénétré ? Et maintenant, sans cette sœur de parcours, c'était comme marcher éternellement en cercle. Elle avait déjà fait le deuil de beaucoup de choses et de gens. La chambre de Dinah avait été rapidement fermée à clef par les responsables du foyer. Pourtant, la nuit, quand Bibiche ne dormait pas, elle s'adossait à sa porte et suppliait Dinah de lui ouvrir. Elle cognait, pleurait, et n'en bougeait que lorsque l'une des filles de l'étage la recueillait pour la raccompagner à son lit. Elle se laissait faire, alors, telle une poupée de chiffon.

Marguerite lui rendait visite un soir par semaine et le dimanche, pour lui apporter à manger. Elle restait auprès d'elle, jusqu'à ce qu'elle soit certaine que Bibiche ait tout avalé. Bibiche n'était plus qu'un ventre, de toute façon. Elle remplissait ce corps qu'elle abhorrait depuis bien longtemps. Cette âme pourrie, ce cerveau hanté. Il y avait de quoi vomir, néanmoins, elle gardait la nourriture en elle. Elle n'était plus bonne qu'à ça. Elle errait dans le foyer, sans perruque, sa tignasse hirsute à l'air libre.

Dinah voulait en finir avec cette vie-là. Il fallait l'accepter, mais comment ? Les psaumes parlaient de Dieu comme du « refuge des affligés ». Dinah avait-elle choisi le refuge promis dans l'au-delà, plutôt que celui, probable, que pouvait lui offrir la France ? Non. Dinah affirmait ne plus croire en Dieu.

Je me torture l'esprit, comme on dit ici. Sa force s'évanouissait, et Bibiche se mit à penser que les cauchemars qui gâchaient ses nuits étaient l'œuvre de Satan. Elle était sous son emprise, il lui volait tout ce qu'elle approchait. Mais la pire question demeurait : pourquoi ?

Bibiche ne contrôlait rien, ne sauvait personne. Elle était d'une impuissance affligeante. Elle hésitait entre insulter son prophète et lui vouer une profonde dévotion. Il restait, après tout, son dernier espoir. Marguerite l'avait senti, c'est pourquoi elle venait la chercher tous les dimanches, de gré ou de force, pour l'inviter à déjeuner et l'emmener prier à la paroisse de Saint-Denis. Bibiche se laissait faire.

Elle se déclarait prête à tout laisser tomber. Tout. La France, la procédure. Pas un instant, depuis la mort de son amie, elle n'avait guetté le facteur par la fenêtre. Elle ignorait les messages vocaux de Ludivine Cheral. Dans le bureau de Sophie, elle ne retenait rien de ce qu'on lui disait. Son accompagnante dissimulait ses larmes, effrayée de ne pas reconnaître Bibiche avec ses cheveux sales, les cernes noirs qui creusaient ses pommettes, et son regard, toujours plus fuyant. L'atmosphère tout entière du foyer s'était métamorphosée.

Sophie, à sa façon, semblait rongée par la culpabilité, le sentiment d'échec. Tout le système de cet asile était basé sur la notion de protection ou, en tout cas, sa quête. Pourtant, l'institution s'était avérée inapte à les protéger au moins d'eux-mêmes. Quand Bibiche lui parlait de se dessaisir de sa demande d'asile, Sophie, à son tour, faisait mine de l'écouter. Elle lui promettait de prévenir son avocate, lui disait ce qu'elle voulait entendre.

La nuit, Bibiche s'efforçait de laisser résonner en elle les éclats de rire de Dinah, en lieu et place des gémissements étouffés dans les bureaux de la prison.

37

— Je suis vraiment désolée, Bibiche. Nous avons tous été extrêmement choqués d'apprendre ce qui s'est passé. Je sais en plus que vous étiez très proches.

Bibiche ne dit rien, allongée sur le canapé gris. Elle n'avait plus les mots, ne les supportait plus. Du vent, voilà ce qu'ils étaient.

— J'imagine à quel point vous êtes en souffrance. Je pense que ça vous ferait du bien d'en parler.

Qu'est-ce que cette femme savait de sa souffrance? Cette femme aux hanches étroites, aux chemises repassées, aux mains manucurées. Ludivine semblait prête à rester là une heure sans rien dire, à la regarder pleurer.

— À quoi pensez-vous?

— À rien en particulier.

— Dites-moi ce qui vous traverse l'esprit, même si ça vous paraît confus.

— Vous voulez vraiment le savoir? Je pense que votre façon de me regarder est bizarre. Dans mon pays, on ne fixe pas les gens comme ça. Ça ne se fait pas.

— Ça vous gêne? Vous préféreriez que je ne vous regarde pas directement?

— Faites comme vous voulez. Je vous dis juste ce que je pense, comme vous me l'avez demandé.

— Je vois... Est-ce que vous aimeriez qu'on fasse une séance de relaxation aujourd'hui ?

— Non, merci.

— D'accord... Je vous sens en colère.

— Oui, je le suis. En colère et... désespérée. Je ne peux pas admettre que Dinah soit partie.

— Faire votre deuil prendra du temps...

— J'ai remarqué que tout prend du temps, ici... Il faut du temps pour connaître notre statut, pour accepter la situation, pour guérir. Pendant ce temps, les gens vivent.

— Oui, vous avez raison. Vous êtes dans une période d'attente, une période d'errance, même. C'est aussi l'exil qui veut ça, vous avez traversé le pire. Vous errez entre la vie et la mort.

Bibiche avait du mal à écouter, à se concentrer. Elle trouvait le mot « errer » bien choisi. Il s'agissait en effet d'années d'errance, qu'elle, Dinah et ses amis subissaient. Une parenthèse qui, avec la mort de Dinah, ne se fermerait probablement jamais.

— Votre amie souffrait d'un profond syndrome post-traumatique. Vous comprenez ce que ça veut dire ? reprit la psychologue.

— Oui. Je la voyais tous les jours, elle allait bien. Vous savez, on est toutes un peu fragiles, mais...

— Mais ?

— Dinah, c'était notre rayon de soleil. Il lui restait beaucoup de choses à vivre ! Une jolie fille, brillante et si jeune... C'est du gâchis. C'est injuste.

— Vous vous sentez coupable ?

— À votre avis ? Elle souffrait et je n'ai pas vu à quel point… avoua Bibiche, des larmes dans la voix.

— Vous l'avez bien dit : vous êtes toutes plus ou moins fragiles... On ne décèle pas facilement les tendances suicidaires ni les dépressions profondes. Encore plus quand il s'agit d'une amie, on manque d'objectivité.

— Dinah était suivie par un psychologue. Quelqu'un comme vous. C'est pas son métier de l'aider à guérir ? Elle devait savoir, elle, que Dinah était mal en point. Ça confirme ce que je pensais : tout ça ne sert à rien.

— Si elle était suivie durant toute cette période, c'est bien parce qu'elle allait mal.

— C'est ce que je dis, vous n'êtes pas capables de nous aider. C'est bien ça ?

— Il y a hélas beaucoup d'éléments qu'on ne maîtrise pas, oui, c'est vrai. Même si on essaie de canaliser avec vous certaines pulsions morbides, ça reste un état très précaire, instable. L'audience à la cour a pu être un élément déclencheur. La durée de la procédure n'arrange rien non plus.

Bibiche détourna le regard, au-delà du canapé. Elle surveillait l'heure.

— Bibiche ?

— Oui…

— J'aimerais qu'on revienne sur votre ressenti. Je voudrais que cette séance soit tout de même un minimum bénéfique… Que vous ne repartiez pas dans cet état. Vous avez mentionné votre colère. Est-ce tout ?

— Non… Je ressens de la tristesse. De la haine aussi contre mon pays. Je peux pas m'empêcher de penser que ce mal qui nous pourrit de l'intérieur, c'est à cause de notre pays.

— Expliquez-moi.

— Il n'y a rien à expliquer. Je me dis patriote, à quoi bon ? Je me pose la question parfois. C'est comme si nous, les Congolaises, étions maudites. Et les politiciens, la police, les militaires sont complices de tout ça !

Ludivine lui laissa quelques secondes de répit.

— Vous avez encore fait des cauchemars, récemment ?

— Oui, bien sûr. Je rêve de Dinah qui se jette par la fenêtre, et, quand elle tombe, je me réveille en sursaut. Les cauchemars de la prison n'ont pas cessé non plus. J'aimerais tellement faire des rêves où je serais, je ne sais pas… le bourreau ? Un rêve où je me venge.

— Avez-vous envie qu'on parle de ça, plutôt ?

Bibiche hésitait entre se lever pour regagner sa chambre et baisser la garde. Elle soupira.

— Non, je préfère en rester là.

Bibiche se rendit près de l'arbre où le corps de Dinah avait été retrouvé ce dimanche-là. Elle s'y adossa, afin de reprendre son souffle. Des fleurs à peine écloses habillaient quelques branches au-dessus d'elle. La vie poursuivait son cours et Bibiche ne le savait que trop. La vie sans elle. Sans elles. Elle finit par s'asseoir le long de l'arbre, la tête posée entre ses genoux. Sous ses mains, la terre friable.

38

Dinah et Bibiche se pavanent, main dans la main, sur les Champs-Élysées. Elles vont voir la commémoration du 8 Mai. Elles sont passées chez Sephora pour se maquiller avec les produits testeurs. Elles veulent agiter des drapeaux français dans des toilettes irréprochables. Elles le savent, François Hollande viendra leur serrer la main. Dinah est trop jolie pour qu'on l'ignore.

Elles s'avancent car, au loin, près de l'Arc de triomphe, elles aperçoivent une flamme. C'est là que tout se passe. Des militaires français surgissent sur la gauche, pour leur barrer le passage. L'accès leur est interdit.

— Laissez-nous passer ! hurle Bibiche. Nous devons saluer le Président. Il sait qui nous sommes et d'où nous venons.

Un camion arrive en renfort et tente de les embarquer. Dinah, à force de se débattre, déchire sa robe. Un des hommes est maintenant sur Bibiche et l'empêche de bouger. Elle appelle à l'aide, cependant personne ne semble leur prêter attention, et la commémoration se poursuit. Elle ressent à l'intérieur de ses cuisses une brûlure.

Sous ses yeux, Dinah est emmenée dans le camion.

— Tiens bon, Dinah ! Je viendrai te chercher !

— Non, Bibiche. Ne t'en fais pas. Je ne suis pas triste, juste un peu… fatiguée.

39

La tour Eiffel au beau milieu d'un jardin de fleurs. Des fleurs jaunes, orange, et rouges. Des roses ? Au coin de la page, deux silhouettes noires. Deux femmes, l'une chétive, l'autre moins. Bibiche en était sûre, il s'agissait de Dinah et d'elle. Elle aimait ce dessin, elle avait envie d'arracher la page pour la mettre dans un endroit à part, ou peut-être même au mur.

Trois jours auparavant, Sophie lui avait donné deux pagnes, un miroir et le journal intime de Dinah. « Elle a laissé un mot pour qu'ils te reviennent. Ils sont à toi maintenant, prends-en soin. » Sans y toucher, elle avait posé le journal sur la petite table, près du lit. Le lendemain, avant de se coucher, elle l'avait pris de nouveau, l'avait feuilleté rapidement. Elle l'avait refermé aussitôt. L'envie de le parcourir pour faire revivre son amie, quelques minutes de plus, s'était disputée à la crainte de souffrir davantage. Elle s'était allongée sur son lit, une main posée sur la couverture rigide du journal.

La nuit suivante, Bibiche fit de même, une main sur le journal, l'autre sur son ventre, les yeux fermés. Elle respirait fort. La lumière de la veilleuse exacerbait sa tension. Le bruit de la télévision ne parvenait plus à l'apaiser depuis le décès de Dinah. Bibiche, en plus de ses propres doutes, portait en elle tant de questions à propos de son amie. Une nouvelle nuit blanche s'annonçait. C'est cette perspective qui la fit se redresser et saisir le journal de Dinah. Elle le posa entre ses jambes, se gratta les mains, comme pour gagner du temps. Elle ne savait pas ce que ce journal lui apporterait, néanmoins elle avait envie de croire que Dinah lui avait peut-être dit au revoir par ce biais. Cet au revoir que Bibiche guettait désespérément dans ses rêves furtifs.

L'écriture de Dinah était parfois en boucle, parfois aiguisée, parfois appliquée, parfois hâtive, mais ses dessins étaient toujours travaillés. «Ma mère me manque» était écrit à différentes dates, tout comme «Je t'aime, petite sœur».

À la lecture de la toute première page, Bibiche esquissa un sourire, elle visualisait Dinah assise sur son lit, en train de coucher ces quelques mots.

«Cher Journal,

Je vais t'écrire souvent pour te raconter un peu mes journées. Fatima la psychologue m'a dit que c'est important d'essayer. C'est la deuxième fois que j'ai un journal intime. La première fois, j'avais huit ans et je crois que je n'y ai pas écrit plus de cinq fois. Il avait un petit cadenas. Et il était tellement joli que je n'osais pas l'abîmer avec mon écriture et mes ratures. Cette fois, je ferai des efforts pour être plus sérieuse. Je te dis merci pour ton écoute attentive. »

Dinah avait collé plusieurs photos de Beyoncé sur certaines pages, parfois entourées d'un cœur. « La plus belle femme du monde. » Sur l'une des photos, Beyoncé était accompagnée de son mari Jay-Z. « Beaux, riches et talentueux : le couple idéal ! »

C'étaient surtout les confidences de Dinah que Bibiche prenait soin de lire patiemment. Elle ne voulait pas en perdre une miette. Il y avait forcément dans ces écrits de jeune fille des indices, des fragments de son âme.

« J'ai encore reçu un SMS de mon oncle aujourd'hui. Il me répète de ne pas m'inquiéter. Ma petite sœur est à l'abri, cachée dans une autre province. Je veux juste qu'elle vienne ici. J'ai dit à mon oncle que je ferai bientôt le nécessaire. »

« Cher Journal,

J'ai une nouvelle voisine dans le couloir. Elle s'appelle Bibiche. Je crois qu'elle a au moins trente ans. Elle a l'air timide, mais douce. Et surtout, elle vient de Kinshasa ! Je suis contente en tout cas que la chambre d'en face soit maintenant habitée. Je n'aimais pas qu'elle soit vide. »

« Cher Journal,

Je suis trop contente ! J'ai encore eu quinze sur vingt en anglais. Le prof a écrit « *Well done !* » sur la copie. La semaine dernière, le prof de comm' m'a même prise en exemple. Si ça continue comme ça, je n'aurai aucun mal à trouver un travail après le diplôme.»

«Cher Journal,

Regarde cette photo d'Alicia Keys, Bibiche a réussi à me faire la même coupe, j'adore ! Si seulement on pouvait ouvrir ce salon de coiffure toutes les deux, on ferait un carton ! »

Bibiche caressait les lignes tracées par le crayon, elles révélaient une maison de plain-pied au milieu d'un jardin asséché. Bibiche imaginait qu'il s'agissait de la maison de Dinah, à Kinshasa. Les portes étaient fermées. Et une silhouette se cachait derrière un rideau. Au coin de la feuille, un arbre auquel était accroché un semblant de balançoire, fabriquée à l'aide d'un pneu.

«Cher Journal,

J'ai l'impression que Bibiche me cache quelque chose. Un amoureux peut-être? Je n'aime pas trop les secrets. Moi aussi j'en ai. C'est pour ça que tu es là. J'attends son retour, car *Joséphine* va commencer dans une heure. J'adore cette série, j'aimerais bien connaître quelqu'un comme cette femme ! J'ai déjà Bibiche au moins, maman m'a toujours dit que les amis dans la vie c'est important. Alors je ne me plains pas ! »

«Cher Journal,

Aujourd'hui, ma sœur a quinze ans. Je me surprends parfois à penser qu'elle est peut-être morte quelque part, si c'est le cas, je ne le saurai jamais. Peut-on vraiment vivre loin des siens? Aurai-je un jour ma propre famille, une famille qui me rendra tellement heureuse que j'en oublierai mon passé ? Fatima me dit qu'il ne faut pas essayer d'oublier, plutôt d'apprivoiser son histoire. Pour moi, apprivoiser, c'est pour parler d'un animal sauvage ou dangereux. Un animal qu'on n'aurait même pas idée d'approcher. Je ne veux pas oublier les bons souvenirs… si je les additionne, il y en a bien plus que des mauvais. Mais j'ai réussi à expliquer à Fatima que les mauvais, même s'il y en a moins en nombre, ils pèsent bien plus lourd. »

« Cher Journal,

Cette nuit j'ai encore rêvé de papa. Il était seul, baignant dans son sang au milieu d'un champ. Il m'a vue et a tendu une main vers moi. Il ne parvenait pas à se lever, et moi je faisais que pleurer au-dessus de lui, en essayant de le tirer. Le champ devenait de plus en plus rouge. Je me suis réveillée et c'est Bibiche que j'ai entendue crier. Si seulement tout cela pouvait s'arrêter pour l'une d'entre nous. Je voudrais qu'au moins une s'en sorte. »

Bibiche n'avait pas dormi. Pourtant, cette nuit sans sommeil l'avait comme ranimée. Elle avait ri, elle avait pleuré. Ces pages étaient riches de Dinah telle qu'elle la connaissait, telle qu'elle l'aimait.

Au petit matin, elle prit son stylo pour noter quelques bribes de phrases sur les dernières pages du journal. Et ces bribes se transformèrent en un ensemble cohérent. Elle reprenait des éléments et les réécrivait jusqu'à en faire un puzzle achevé. Parce qu'elle les couchait à plat, ces mots lui faisaient un peu moins mal. Elle les relut à plusieurs reprises, les apprivoisa. Le journal à ses côtés, elle s'endormit profondément pour quelques heures.

À son réveil, elle parcourut de nouveau le journal de Dinah avant de relire ce qu'elle avait elle-même inscrit :

Chère Dinah,

Il y a quelques jours, je suis revenue sur les lieux de ta mort. Je me suis assise le long de l'arbre qui t'a dit adieu. Et, sous mes doigts, j'ai senti la terre que j'ai caressée doucement. Tout de suite, j'ai pensé à celle que j'avais sous les mains, sur le sol de ma cellule. J'y dessinais des bâtons pour compter les jours. Je n'ai pas besoin de compter les jours depuis que tu es partie. Je ne veux plus que tout me renvoie à ces heures, à ces jours de souffrance en prison. J'ai envie que ton souvenir pèse bien plus que le reste. Si je dois te rendre hommage, alors je ferai tout pour m'en sortir. Je te le promets.

40

Cette fois, plutôt que de monter le voir dans sa chambre, elle l'attendit en bas des marches, dans l'entrée du foyer. Il descendit lentement, sans sa canne. Bibiche ne put réprimer un sourire. Elle était fière de lui, des efforts qu'il faisait pour se surpasser. À son regard, il semblait lire dans ses pensées.

— Suis-moi, dit-il en lui offrant le bras.

Bibiche s'était décidée à se faire belle. Elle avait ressorti ses perruques, s'était enfin lavé la figure et avait enfilé son unique robe et un chandail court. Elle refusait que, en plus de perdre la mémoire, il finisse par ne plus la reconnaître pour de bon. Lui était élégamment coiffé d'un chapeau gris et d'une chemise qui semblait neuve. À cet instant, Bibiche crut voir ses parents dans leurs meilleures années quand ils se rendaient à l'église le dimanche. Ils n'eurent que quelques mètres à peine à faire jusqu'au square de la Madone. Un silence religieux s'installa entre eux. Il y avait dans cette courte promenade quelque chose de cérémoniel, de presque officiel. Une femme à la mémoire sélective. Un homme à la mémoire abîmée. Un Cabindais à la démarche vacillante qui, pourtant, était une béquille, un appui. C'est essentiel, une béquille. Cette fois, elle ne tomberait pas.

Elle n'avait pas flâné ainsi depuis sa balade avec Dinah, ce qui la rendait à la fois curieuse et mélancolique, à l'image de ce ciel clair mais froid. Il l'entraîna sur un banc. En face d'eux, des jeux étaient installés pour les enfants. Deux garçons essayaient de grimper aux barreaux de ce qui ressemblait à la structure d'un château. L'un d'eux fit tomber son bonnet au sol, alors qu'il se trouvait au plus haut des marches. Elle s'apprêtait à se lever lorsque Raoul l'en empêcha d'un geste. À travers cet acte anodin, elle réalisa qu'aucun homme ne lui avait dit auparavant : « Épargne-toi. » Rester assise pendant qu'un homme se levait à sa place, c'était un phénomène nouveau. Elle avait naturellement pris ou dû prendre à sa charge la moindre de ses envies. De l'intention de se lever pour ramasser un objet à l'aspiration à un monde meilleur.

Raoul, sur la pointe des pieds, tendit le bonnet au garçon.

— Tiens, petit ! lui dit-il en souriant.

D'en haut, l'enfant lui rendit timidement son sourire. Bibiche ne se lassait pas d'épier les mouvements de Raoul, à la fois déterminés et flegmatiques. Il avait beau dire, elle avait trouvé plus fort qu'elle.

Il se rassit à ses côtés, elle en ressentit un immense soulagement, comme si son corps lui disait que sa place était auprès de Raoul. Elle le dévisagea plusieurs secondes. Il s'attendait à ce qu'elle dise quelque chose, mais rien ne vint.

Les gamins chahutaient, bientôt rejoints par une petite fille enjouée. Au loin, leurs nounous étaient occupées à discuter. De temps à autre, le petit garçon au bonnet bleu jetait discrètement un œil dans leur direction, comme pour s'assurer qu'ils notaient ses exploits. Chaque fois, Raoul lui faisait un signe de la tête.

Bibiche leva les yeux vers les immeubles autour d'elle. Comme elle l'avait souvent remarqué à Paris, les édifices anciens se mêlaient à des plus modernes. Cette diversité des genres ne choquait pas, pour autant, il y avait une place pour tout le monde. Une femme aux cheveux gris-blond fumait au balcon, vêtue d'un peignoir usé. Elle était perdue dans ses pensées, l'air triste. Qui était-elle et quelle vie avait-elle pour afficher une mine pareille ? Bibiche s'imaginait aussi dans l'après, avec le statut et une existence comme celle-là, ordinaire peut-être, faite de chagrins simples, ordinaires, eux aussi. À cet instant, elle sentit la main de Raoul sur la sienne. Et des bonheurs faciles comme celui-ci, sa vie en serait peut-être remplie. Elle inspira profondément. Raoul regardait toujours les enfants jouer, d'un air joyeux.

Petit à petit, tous quittèrent le square pour laisser place à une demi-douzaine d'adolescents venus du lycée voisin. Parmi eux, une jeune fille riait aux éclats. Elle avait la peau noire, des tresses qui lui arrivaient jusqu'au bas du dos. Avec ses amis, ils remplirent des bouteilles avec l'eau de la fontaine. Après avoir bu quelques gorgées, la jeune fille jeta de l'eau sur l'une de ses copines. Les adolescents couraient à travers le square, excités. Et ce rire qui lui déchirait le cœur. Les larmes coulèrent naturellement le long de ses joues.

— Ça va aller, ça va aller… murmura Raoul aux oreilles de Bibiche qu'il enlaçait.

Après de longues minutes, elle parvint enfin à sécher ses larmes.

— Tu crois vraiment ? Tu crois que ça va aller ?

— Oui, je te le promets. Regarde-moi, je suis là.

— Oui, mais regarde-nous, Raoul. Regarde-nous !

— Eh bien quoi ? J'aime ce que je vois. Allez ! Tiens, mange maintenant, s'il te plaît.

Raoul lui tendit le sandwich au poulet qu'il avait préparé le matin. Il ouvrit sa Thermos et versa un peu de café dans une tasse.

Ils mangeaient en silence. Le bruit des adolescents et de la rue suffisait amplement. Raoul lui fit goûter l'eau de la fontaine. Bibiche n'avait aucune envie de partir. Personne ne l'attendait au foyer, de toute façon. Le ciel, cependant, commençait à s'assombrir. Elle prit la main de Raoul. Elle avait besoin de s'imprégner une dernière fois de cette sensation. Il déposa un baiser sur ses doigts, avant de se redresser.

Autour d'eux, le square s'était vidé. Raoul la raccompagna jusqu'au métro. Après l'avoir salué, Bibiche descendit les escaliers à pas rapides. Quelque chose avait changé. Ou, plutôt, quelque chose en elle était en train de changer. Sur le chemin du retour, elle posa sa main sur son visage, comme pour garder en mémoire la pression de celle de Raoul sur la sienne, ou celle de ses lèvres. Son odeur aussi. Elle inspira de nouveau. Même si les usagers du métro ne la voyaient toujours pas, elle ne pouvait ignorer leur présence. Pour la première fois depuis longtemps, elle ressentit un élan qu'elle reconnut. L'élan d'aller vers l'autre. Elle voulait sourire à tous ces gens, les prendre dans ses bras, leur dire à eux aussi que tout allait s'arranger. Cet élan, elle était bien décidée à l'entretenir.

La nuit, sur son lit, Bibiche rêvassa à la lumière de la veilleuse. Elle n'alluma pas la télévision. Elle garda la porte entrouverte, comme les soirs où Dinah venait la rejoindre.

Elle pensa à sa mère. Toutes deux n'avaient jamais été aussi proches que durant les années qui avaient précédé son départ du Congo. Elle avait toujours pensé que c'était du fait de ses visites plus régulières, à l'instar de sa sœur Viviane. En réalité, ce qui les avait considérablement liées, à cette époque, était leur condition de femmes. Sa mère était une veuve à Kinshasa, elle, une femme abandonnée par son conjoint. Qui de mieux placé pour comprendre les défis d'une telle vie ?

— Tu sais Bibiche, maintenant que j'ai fait mon travail de mère, je peux te dire que tu m'amuses beaucoup.

— Je te fais rire ? Pourquoi ça, Maman ?

— Tu as toujours été le fruit de beaucoup d'angoisses pour moi, car je te trouvais entêtée comme ton père, imprudente aussi. Je me disais que ça n'était pas des traits de caractère convenables pour une jeune fille. Mais finalement, je constate que tu as pris de nous deux. Ton père, c'était un râleur, un insatisfait. Toi, tu es quand même une sacrée optimiste. Tu me fais un peu penser à moi. Tu t'accroches, tu te bats pour quelque chose que tu penses mériter. Tu veux peut-être un avenir meilleur, moi je voulais simplement un mari plus présent, plus aimant. J'espère que tu réussiras là où j'ai échoué.

Bibiche avait bien failli oublier cette conversation. Sur le moment, ce que disait sa mère l'avait agacée. Elle, l'enfant préférée de son père, n'aimait pas qu'on parle de lui en ces termes. Elle n'en faisait pas autant avec ses frère et sœur, comme si, insidieusement, il s'agissait de tester sa loyauté. Elle se sentait douloureusement proche de sa mère et aurait donné beaucoup pour se retrouver dans son petit salon. De nouveau, avoir ces discussions interminables sur tout et rien. Recevoir un baiser sur le front lorsqu'elle la quittait après le dîner.

C'était certain, elle aurait adoré Raoul. Bibiche avait réussi là où sa mère avait échoué.

41

Parce que s'entendre dire certaines choses à haute voix lui avait fait mal jusqu'ici, elle s'était dit que, peut-être, la solution se trouvait là. Elle tendit donc le carnet à Ludivine, qui le feuilleta rapidement, étonnée.

— Je ne comprends pas. Qu'est-ce que c'est, Bibiche ?

— C'est le journal de Dinah. J'ai écrit quelque chose, regardez à la fin.

Ludivine prit le temps de lire les trois dernières pages.

— C'est vous ? Ce sont vos cauchemars, n'est-ce pas ?

— Oui.

— Vous souhaitez qu'on les parcoure ensemble ? Vous pourriez peut-être me les lire.

— Est-ce que... Est-ce que vous pourriez le faire, vous ? Je crois que ce serait plus facile pour moi de les entendre de quelqu'un d'autre. Que ce ne soit pas ma voix, je veux dire.

— Très bien... Je peux commencer, dans ce cas... Vous donner de l'élan... *Deux coups retentissent sur les barreaux. C'est Blaise. L'autre gardien sort ses clefs pour ouvrir la porte du cachot. Un bruit que je connais par cœur. La jeune fille fraîchement arrivée à ma droite se redresse. Moi, je me cache comme je peux. Le gardien entre difficilement. Francine se lève, les jambes engourdies, le visage déjà baigné de larmes. Blaise nous observe. Bibiche la petite et moi prions à voix basse. Je n'ai pas le temps de finir que le geôlier nous tire toutes les deux par les cheveux. Cette nuit-là, Francine et moi avons dû regarder les soldats... violer les deux jeunes filles et l'autre Bibiche... Quand vient notre tour, les soldats sont déjà satisfaits. Ils se contentent de nous donner des coups de pied... Ils nous lancent des ordres. J'obéis. Je suis laide. Je suis... inutile.*

Ludivine buta sur chaque mot, avant d'interrompre sa lecture. Une larme avait coulé le long de sa joue. Bibiche et elle ne se ressemblaient pas, la vie de Ludivine était à l'opposé de la sienne. Pourtant, à cet instant, cette dernière éprouvait pleinement sa peine. Bibiche lui prit le journal des mains. Elle voulait retrouver la force de poursuivre pour toutes les deux.

— *Il y a aussi ce rêve où je marche... perdue entre plusieurs bâtiments, entre les cachots... Je ne reconnais rien, pas même l'odeur épouvantable des cellules. Et puis j'entends quelqu'un qui m'appelle, une voix que je connais. On m'appelle de l'autre côté. Je ne sais plus où aller. À travers la première cellule, je vois que c'est Dinah, pourtant je refuse de la rejoindre, alors je marche vers la cellule située dans l'autre bâtiment. Maintenant, ce sont les gardiens qui m'appellent. Ils me disent qu'ils vont me libérer, à condition que je vienne les voir pour récupérer mes papiers. Ils m'emmènent dans un endroit qui ressemble à ma chambre du foyer. Ils me mettent nue et me regardent en ricanant...*

Bibiche inspira profondément avant de reprendre.

— *Deux gardiens me frappent avec leurs matraques. Je supplie en demandant mes papiers. Et, alors qu'ils me font... du mal, ils sont interrompus par l'arrivée de Stanislas, mon frère. Ils me mettent dehors à coups de pied, en me disant que je mérite ce qui m'arrive. Je me retrouve alors libre, la vie sauve, mais... entièrement nue... Je voudrais qu'on me rende mes vêtements. Je suis habillée, pourtant, je me sens nue. Je ne sais comment l'expliquer.*

— Cela revient souvent dans vos cauchemars, n'est-ce pas ?

— Oui... Disons qu'ils se ressemblent, à quelques différences près, sur lesquelles je n'ai aucun contrôle. En prison, c'étaient ces différences qui me terrorisaient le plus. Cette part d'inconnu dans la violence quotidienne, vous voyez ? Je ne m'habituais pas à toute cette violence ou à ces humiliations, malgré tout je pouvais au moins m'y préparer. Mais je n'avais jamais assez d'imagination pour me préparer à la cruauté à venir. C'est ça qui m'a rendue... folle, en quelque sorte.

Ludivine avança son buste au-dessus du canapé, posa une main sur son bras, comme si elle voulait par ce mouvement la protéger. Bibiche se laissa appâter.

— Vous vous rendez compte de ce qui vient de se passer ? Avez-vous conscience que, depuis le temps qu'on se voit, c'est la première fois que, de vous-même, vous ne me racontez pas ce que vous avez vu, mais bien ce que vous avez vécu ? Vous vous réappropriez votre histoire. Et ces cauchemars, comme vous les appelez, sont peut-être simplement vos souvenirs qui remontent à la surface.

Bibiche détourna la tête. Elle n'était pas sûre de partager son enthousiasme.

— Je pense beaucoup à Dinah. J'ai peur de ne pas supporter la suite. Je dois tenir pour elle. C'est comme si j'allais devant un tribunal. Dans quelle prison va-t-on me transférer ? Je me sens coupable depuis mon arrivée ici. C'est moi qu'on va juger devant cette cour. Je suis déjà coupable.

— Vous savez, même si la CNDA ne vous accorde pas ce statut, cela ne veut pas dire que vous ne dites pas la vérité. Vous avez besoin qu'on vous croie, et, je vous le répète, nous sommes nombreux à vous croire : moi, par exemple, votre bienfaitrice, votre accompagnante, votre avocate… Dinah vous croyait. On sait pourquoi vous êtes là. Vous n'êtes coupable de rien. J'ai tout expliqué dans mon certificat à la cour et je suis confiante, Bibiche.

— Oui, malheureusement ça ne suffira peut-être pas… Maintenant, si ça ne vous dérange pas, je ne veux plus parler de moi. Est-ce qu'on peut arrêter la séance ?

— Bien sûr. Mais, avant de partir, ce serait bien que vous fassiez une ou deux respirations profondes. Vous semblez y être assez réceptive. Mettez vous à l'aise sur le canapé.

Bibiche s'exécuta. Doucement, elle se laissa aller. Cette colère qui l'habitait s'éloigna peu à peu. Elle prit encore une profonde inspiration, la main sur son ventre. Les yeux fermés, elle crut voir un visage s'approcher. Ces yeux immenses, cet air malicieux, ces deux nattes de chaque côté d'un visage rond. *Bella !* Bella semblait l'inviter à jouer, elle commençait déjà à tournoyer sur elle-même. Bibiche sourit, elle avait envie de la rejoindre, de retrouver la joie d'appartenir à une petite bande de deux personnes, deux personnes pour qui le reste du monde importait peu. A-t-elle déjà été plus heureuse que dans ces moments-là ? Le rire de Bella retentit et la fit sursauter.

— Bibiche ? Bibiche ?

— Oui…

— Dites-moi… Vous évoquez souvent Bibiche la petite.

— C'est vrai.

— Pourriez-vous me la décrire ?

— Hmm… Oui. Dans mes souvenirs, elle était un peu plus frêle que moi, avec de grands yeux. Plus petite. Jolie mais abîmée, je dirais…

— Elle ressemblait à quelqu'un en particulier ?

— Je ne sais pas. Je me suis jamais posé la question… Peut-être à… Oui, à ma sœur Bella, si elle avait survécu.

— Bibiche… Excusez-moi d'insister, mais je dois vous proposer cette hypothèse. Et s'il n'y avait jamais eu d'autre Bibiche ? Et si Bibiche la petite, c'était aussi vous ? Bibiche la témoin et Bibiche la… victime ?

42

Promis, je ne pleurerai pas. Je vous parlerai de moi. Je suis Bibiche. Que puis-je ajouter? Vous répéter que, non, je ne suis pas venue sur une barque de fortune, entassée parmi des dizaines d'hommes et de femmes. Je n'ai pas failli me noyer en attendant que des gardes-côtes italiens me sortent de l'eau et que les caméras des médias européens filment mes larmes sur la terre ferme. Je n'ai pas fui une zone de guerre. Non, je viens de la République démocratique du Congo. Pas même de l'est du pays. Je n'ai pas été menacée par le mouvement rebelle M23 ni par les troupes de Lubanga. Je suis simplement originaire de Kinshasa. Peut-être que mon histoire ne mérite pas votre attention. De toute façon, c'est trop tard. Cette histoire, je vous l'ai déjà contée.

À la télévision, je vois ces hommes, ces femmes et ces enfants appeler à l'aide. Il est question d'un nouveau naufrage. Je vois à peine et je sens trop de choses. Chaque parcelle de mon corps est douleur. La douleur, à force d'être partout, n'est nulle part. Anesthésie générale. Amnésie totale. Bibiche n'est plus là. Bibiche a disparu.

Ce soir, je me le suis promis, je ne pleurerai pas. C'est peut-être ça, ce flottement entre la mort et la vie : moi, Bibiche entre deux rives, prête à rejoindre celle de la communauté humaine.

43

— Vous êtes tombée ?

— Oui, je suis tombée, admis-je.

— Vous couriez ?

— Oui.

— Pourquoi ?

— Parce que les policiers nous ont attaqués dans un premier temps avec des gaz lacrymogènes. On a eu peur. Mes amies et moi, nous nous sommes tenues par la main, pour ne pas nous égarer, et on a voulu fuir en sens inverse. Et finalement, en courant, je suis tombée, j'ai dû lâcher la main de mes amies. Il fallait qu'elles me laissent derrière elles pour ne pas se faire prendre. Moi, on m'avait déjà attrapée par le col, battue avec une crosse et jetée dans la Jeep.

— Des réponses courtes, s'il vous plaît, madame.

— Oui, monsieur le président.

— Vous payiez combien la cotisation ?

— Un dollar par mois, ou son équivalent, et cinq euros, environ, au moment de l'adhésion.

— Pourquoi avez-vous choisi l'UDPS ? Vous aviez quel rôle ?

— J'étais une simple militante, mais je croyais en Tshisekedi. C'est le fils du pays ! Il avait un programme axé sur la démocratie, et l'éducation, surtout pour les femmes.

— Des réponses précises, s'il vous plaît, madame.

— Oui, monsieur le président.

— Pourriez-vous me décrire la carte de membre de l'UDPS ?

— Bien sûr. Il y a la carte de la RDC, avec dessus une scie, une houe et une plume. Il y a une étoile jaune en haut et à gauche sur le U de UDPS. Il y a aussi des bandes jaunes, rouges et bleues, je crois.

— Comment saviez-vous que c'était le camp de Lufungula ?

— Je ne l'ai su qu'une fois arrivée. J'étais déjà passée devant.

— Vous aviez vu un juge ?

— Non, jamais.

— C'est bizarre, quand même. Et vous n'avez pas été transférée ? Vous êtes restée comme ça, dans les locaux de la police ?

— Il y a une prison, là, on appelle ça les cachots. On peut y rester des mois avant d'être soit libéré, soit transféré.

— On vous a interrogée, en prison ?

— Oui, on me reprochait d'être en faveur de Tshisekedi.

— Vous ne savez vraiment pas combien votre sœur et votre frère ont payé pour soudoyer le gardien ?

— Non, je vous assure, je ne sais pas. J'ai pas osé demander à ma sœur.

— Où a-t-elle trouvé l'argent ?

— À mon avis, elle a économisé, car elle avait repris le commerce de produits maraîchers de mon père. Si c'est pas ça, il est possible aussi qu'elle l'ait vendu pendant que j'étais en prison.

— Comment êtes-vous arrivée à Brazzaville ?

— J'ai traversé le fleuve.

Mon avocate m'y avait préparée : évoquer mon séjour en prison, mon évasion aussi.

Au bout d'un moment, j'étais en mode automatique, j'avais réussi à ne pas perdre pied. Le visage de mon avocate m'était familier, je m'y accrochais pour garder le cap. Cette audience était une claque de plus, dans ce parcours sans fin. Elle se déroulait à huis clos. Derrière moi, rien d'autre qu'une porte close.

J'étais enfin passée. Cette date, qu'on attend durant des mois, des mois bien plus longs que les vôtres. On se dit, à force, que le jour où le facteur viendra nous porter cette convocation… que, finalement, une fois qu'on aura cette date de fixée, ça ne paraîtra plus si important. Et puis, en fait, le contraire se produit. Les dates, toujours les dates. Durant les trois semaines qui avaient précédé l'audience, tout ce que j'avais ressenti pendant ces deux années passées en France, je le revivais en dix fois plus intense. Un concentré de hauts et de bas. Des réveils en sursaut, des nuits interminables, effondrée sur mon lit. Après l'audience vinrent de nouveau, trois semaines d'attente. Trois semaines durant lesquelles je redoutais, j'espérais, je répétais inlassablement mes réponses, rejouais la scène de l'audience un millier de fois, réentendais la plaidoirie de mon avocate comme une chanson dans la tête. J'aurais dû dire ça. Je n'aurais pas dû sourire. J'aurais pu être plus convaincante à cet instant. Oui, il y avait aussi une part de chance. Un avocat persévérant, un juge plus humain.

Voilà. Le jour tant attendu. On se bousculait devant le tableau au rez-de-chaussée de la cour. La veille, un Afghan qui n'avait pas eu le statut s'était immolé par le feu ici même. Quatorze heures cinquante-deux. Cinquante-trois. Cinquante-quatre. Un homme arriva, les bras chargés de papiers, il poussait tout le monde afin de pouvoir les afficher. Et là, subitement, un regret. Je n'aurais pas dû venir. J'aurais dû attendre qu'on m'envoie la décision par la poste. Après tout, que représentaient deux semaines de plus quand on a pourri cinq mois en prison et erré deux ans en France ? Que signifiaient deux semaines supplémentaires quand on a guetté le facteur à sa fenêtre tous les jours que Dieu fait, qu'il pleuve ou qu'il vente, et ce durant des mois ? Quatorze heures cinquante-huit. Quatorze heures cinquante-neuf. Quinze heures. L'homme en noir, tellement habitué à cette scène, en oubliait de saisir à quel point celle-ci avait du sens. Et, même plus, c'était l'essence de toutes les histoires d'exil de ces hommes et de ces femmes qui avaient patienté auprès de moi, dans ce petit espace balisé par des cloisons en Placo.

Il y eut un mouvement de foule. Évidemment, je fus prise de panique. Je redoutais toujours autant la cohue. Je ne savais pas où regarder sur les feuillets. J'avais déjà oublié le numéro de la salle dans laquelle j'étais passée. Ensuite, il y avait le nom du président de salle. Je ne connaissais pas le sien. Aurais-je dû ? Il fallait donc consulter la liste, nom par nom. Près de moi, j'entendais des soupirs de déception, quelques cris de joie qui, finalement, se comptaient sur les doigts de la main. Je ne voulais pas entendre tout cela. J'avais chaud. Soif, aussi. Je commençai à trembler. Je reconnus des patronymes congolais, j'étais sur la bonne voie. Ensuite, celui de mon avocate, et là, enfin, *Nyandu Bilonda Bibiche.* Je voulus mettre mon doigt dessus pour visualiser la colonne d'à côté, être sûre de ne pas me tromper de ligne, cependant il y avait trop de monde. Je me concentrai pour fixer cette ligne, la nervosité n'aidait pas. Et là, trois mots. Trois simples mots qui sauvaient pourtant une vie. *Statut de réfugié.* Je renouvelai exactement le même protocole. Trois fois. Oui, il s'agissait bien de moi. J'étais une réfugiée. Officiellement, je ne demandais plus l'asile, je l'avais obtenu. Je n'étais plus dans l'attente de quelque chose, j'étais quelqu'un, parce que j'étais titulaire d'un statut. Forcément, je pleurai. Je ris aussi. Je cherchais quelqu'un à qui annoncer la bonne nouvelle, mais il n'y avait personne. Alors, j'appelai mon avocate, qui avait su à l'audience parler de moi bien mieux que je n'aurais pu le faire.

— Merci, merci, merci, maître.

— Je suis tellement heureuse pour vous, Bibiche !

— Merci, maître. Mille fois. Soyez bénie.

Bien sûr, je téléphonai à Raoul, puis à Marguerite. Il ne me restait plus qu'eux sur cette terre d'adoption.

— Non, je ne peux pas le croire ! Tu es une héroïne ! Tu vois, non ? Je te l'avais dit ! Je voudrais te prendre dans mes bras ! s'exclama Raoul.

— Ouh là, Bibiche, on va fêter ça, on va boire du champagne, ou bien manger un bon repas ! Je ne sais pas ! Comme tu veux ! C'est une très bonne nouvelle.

S'il te plaît, passe nous voir ce soir, j'irai acheter quelque chose à boire, hurla Marguerite.

Il fallait maintenant se frayer un chemin pour prendre l'air et toute la mesure de l'événement.

Statut de réfugié. J'avais pensé à Dinah dès que j'avais lu ces trois mots. Si Dinah avait survécu, elle les aurait lus aussi. Cette décision aurait-elle changé quelque chose ? La nuit qui suivit, par réflexe, je voulus traverser le couloir pour aller la voir et lui annoncer la nouvelle. La porte restait close. Fermée. Je ne supportais pas ces portes closes sans savoir où se cachait la clef. Ce soir-là, plutôt que de passer la nuit bercée au son de la télévision, je le fis au son du disque qu'elle m'avait offert.

44

Le doute s'empara de moi. Comme si je n'osais pas y croire. Je décidai d'attendre de recevoir la décision par courrier. Une fois entre les mains, je la lus et la relus presque toute la journée, inquiète d'y trouver une éventuelle mention cachée, une dernière obligation à remplir, ou même simplement une confusion de la cour entre deux numéros de dossier… Mes nuits, depuis l'obtention du statut, s'étaient légèrement apaisées. Seulement, lorsque je ne dormais pas, la peur de l'après me terrassait. Que deviendrai-je hors du foyer ? Ce lieu qui berçait mon quotidien depuis deux années avait été pour moi une machine respiratoire. On allait bientôt me débrancher.

Ce mercredi, Raoul m'attendait pour célébrer la nouvelle. Dans la cuisine du foyer, il essayait tant bien que mal de cuisiner un poulet accompagné d'une sauce à base d'arachide. De mon côté, je préparai du riz. On sentait toute l'application qu'il mettait dans cette entreprise. Il découpait des oignons, des courgettes, m'expliquait qu'un jeune résident lui avait gentiment fait ses courses. Il me montrait toutes les étapes pour cuisiner un succulent poulet.

Je me demandai alors quel mari il avait été pour être ainsi rongé par le remords. Se pouvait-il que cet homme se soit assagi, adouci avec le temps ? Plus que son AVC, c'était cette évasion vers la France qui en avait fait un homme nouveau, tout comme elle m'avait transformée. « Il ne reste en moi que la partie comestible du fruit. L'attaque cérébrale a jeté le noyau dur », m'avait-il expliqué. Il disait souvent que c'était la volonté de Dieu. Peut-être Dieu avait-Il souhaité lui offrir une seconde chance ? J'avais cependant toujours du mal à croire que nous souffrions parce que Dieu le voulait. Tout ce que j'avais enduré était donc dans l'unique but de faire de moi une femme plus forte. Ce n'était même pas le cas. Et quelle leçon recevaient nos bourreaux, alors ?

Nous nous attablâmes sur le petit meuble près de son lit. Raoul avait dû emprunter une deuxième chaise à un résident.

— Tu m'en diras des nouvelles, dit-il en avalant une pleine cuillerée. Alors, Bibiche, quelle route vas-tu emprunter maintenant ? Tous tes soucis sont derrière toi, n'est-ce pas ?

— Pour l'instant, il faut que je trouve du travail, même si c'est juste pour dépanner. Au Cada, ils m'ont informée que je pourrai rester quelque temps, ou sinon qu'ils allaient essayer de me reloger.

— Tu es promise à un grand avenir, donc pas d'inquiétude !

— Comment peux-tu en être aussi sûr ? Tu me fais rire. On dirait un marabout. Tu lis l'avenir ?

— Non, pas besoin d'être marabout. Un grand avenir, pour moi, ça signifie que tu seras heureuse, j'ai confiance. Je dis pas que tout va arriver d'un coup, mais tu m'as raconté qu'à Kinshasa tu étais plutôt heureuse. Tu te prenais en main, tu ne manquais de rien. Alors ici, imagine un peu ce que tu pourrais accomplir ? J'ai la foi.

— Tu te souviens de ce que je t'ai raconté sur ma vie, alors que tu oublies ton adresse au Cabinda !

— Même si j'essayais, je ne pourrais pas oublier ce que tu me racontes. Avec les gens du foyer, on est juste cordiaux. Pour eux, je suis rien qu'un révolutionnaire un peu fou. Toi... c'est différent. Tu représentes beaucoup à mes yeux.

— Et toi... Ton titre de séjour, il expire quand, exactement ?

Je me retins de pleurer. Je lui avais posé cette question sans vouloir entendre sa réponse. Désormais formatée pour planifier en fonction des dates, je les intégrais en moi. Elles devenaient mon horloge biologique.

— Il expire au mois d'octobre. Le 26, il me semble.

— Qu'est-ce qu'elle t'a dit, Marie-Claire ? Tu ne pourras pas être prolongé ? Même si les médecins ne veulent plus t'opérer, tu es quand même pas en pleine forme. Et là-bas, ce sera pire encore !

— Oui, Bibiche. Ça, c'est la logique. Marie-Claire a dit qu'elle essayait de trouver des solutions, de rencontrer les médecins, et je crois que la préfecture aussi a des experts. Après, tu sais comment ils sont, il faut toujours tout prouver. Même quand tu viens d'un pays qui ne dispose pas d'un bon système de santé. En plus, je n'ai pas de famille ici, et je suis pas assez vieux pour faire pitié.

— Ne sois pas pessimiste comme ça !

— Que veux-tu ? Je pourrais contester devant le tribunal administratif, c'est juste que j'ai plus la force de me relancer dans des procédures… Qui tiendrait, dans mon cas ?

J'avais un nœud dans la gorge. Je ne supportais pas l'idée de devoir encore dire adieu.

— Tu ne peux pas partir !

— J'ai conservé trop de dignité pour vivre en clandestin. Si je dois finir au Cabinda, seul, alors qu'il en soit ainsi. J'ai pas envie de te laisser, tu sais. Je ne connais et ne reconnais plus personne, mis à part toi… Ne pensons pas à ça, d'accord ? Tu as connu suffisamment de malheurs, ces derniers temps, pour qu'on se gâche un après-midi. L'heure est à la fête. Je vais te mettre un peu de musique. On aime beaucoup la bossa chez nous, tu sais. Viens.

J'étais encore ébranlée par ses paroles, quand il me prit par le bras pour me faire danser. Il avait du mal à bouger sa jambe droite, alors nous ne tournions que quelques fois vers la gauche. Ses épaules étaient solides sous mes paumes. J'ai commencé à sourire, puis à rire. Il me fit tourner trois fois de suite et j'eus le vertige. Il fatiguait. Je le pris par la main pour l'allonger sur son lit.

— Dors un peu, maintenant, je m'occupe de tout, dis-je en débarrassant la petite table.

Je m'assis un instant près de lui, comme j'en avais l'habitude. À quoi ressemblerait l'avenir ? Qui peuplerait cette nouvelle vie ? Je posai une main sur la sienne, puis m'approchai pour m'allonger. Son souffle dégageait de la chaleur près de mon cou. Je fixais le mur d'en face pendant de longues minutes, avant de poser ma tête au creux de son épaule. Je m'endormis à mon tour contre lui, comme s'il s'agissait de mon premier jour sur Terre.

45

Rendez-vous était donné à la porte de Clignancourt. À peine sortie du métro, je sentis en moi une montée d'adrénaline. Je cherchai tout autour des gens qui me ressemblaient. Des compatriotes, comme on dit. Nous n'avions pas seulement notre patrie en commun, mais aussi l'exil. Parmi eux, il y avait d'autres réfugiés, j'avais appris à les reconnaître très vite, à force de les côtoyer. Un visage marqué, un sourire timide aux lèvres, le regard grave, sans compter l'œil toujours de biais. Méfiants, parfois craintifs. Au loin se mouvaient déjà quelques drapeaux bleus à rayure rouge ; des tee-shirts blancs. Ces couleurs vives contrastaient avec le gris du ciel et la froideur des bâtiments. J'avançai timidement vers le point de rendez-vous. « Bonjour, ma sœur », dans la bouche de ceux qui avaient à peu près mon âge. « Bonjour, tantine », pour les plus jeunes. Je continuais de sourire, à m'en blesser la mâchoire. Je retrouvais des femmes que j'avais aperçues aux réunions. Il y était question de la situation politique, des actions à mener. J'étais évidemment plus en retrait que lors des meetings de section à Kinshasa, je me contentais d'approuver la bonne parole. Je ne voulais pas qu'on devine de moi ce que je devinais des autres.

J'avais l'impression d'avoir quitté la République démocratique du Congo le siècle dernier. Une partie de ce que j'y avais vécu me paraissait toujours aussi floue, comme si je l'avais consignée dans le monde des rêves, bons ou mauvais. Pourtant, quand on m'avait parlé de ce projet de modification de la loi électorale, quelques semaines plus tôt, un rire nerveux s'était emparé de moi. Durant tout ce laps de temps, ce que j'avais fui n'avait donc pas évolué. Si moi j'avais tenu, tant bien que mal, autour de dates qui prenaient la forme d'étapes dans cette course pour obtenir une protection, mon pays était resté le même. Une nation en suspens. Nous nous étions insurgés contre un changement de la Constitution en 2010, et là, le cycle infernal reprenait. Kabila fils avait pour ambition de prolonger son mandat présidentiel au-delà de 2016 : une impression de déjà-vu pour moi et bien d'autres.

J'étais fière de mon tee-shirt blanc, tout neuf, acheté la veille. Avec ce tee-shirt et mon jean, je retrouvais mon âge, le vrai, celui que j'étais censée avoir. Une centaine de personnes étaient rassemblées et des cris d'indignation s'élevaient déjà. On parlait de dizaines de morts, d'arrestations arbitraires. Bien entendu, parmi tous ces chiffres, le nombre de viols commis à l'encontre des femmes détenues resterait tu. C'était pour cette raison que j'avais pris la décision de rejoindre ces militants ; je m'étais rendu compte à quel point les chiffres pouvaient paraître anodins sans survivant pour les incarner. Et si je ne désirais pas le crier sur tous les toits, j'avais enfin pris conscience du rôle qui m'incombait. Je comprenais ce que Raoul avait voulu me dire lorsqu'il m'avait encouragée à ne pas abandonner mes activités militantes.

Auprès de mes compagnons d'infortune, je me sentais vivante. Nos rangs se gonflaient, j'avais l'impression que nous étions des milliers. Des hommes et quelques enfants portaient des photos en grand format. On y voyait des images terrifiantes de gens aux visages boursouflés, ensanglantés. Je détournai la tête.

Un souffle de liberté envahit mes poumons et je pris une profonde inspiration. « Non à la loi électorale ! Kabila, dégage ! Démocratie pour le peuple congolais ! » Je jubilais en entendant ma voix vibrer, camouflée par celle des autres. Nos revendications ne faisaient qu'une. Je réapprenais la solidarité. L'union faisait la force, et je me rappelais les réunions d'antan qui finissaient par un « UDPS vaincra ! ». Je reprenais plaisir à m'exprimer, à revendiquer, contre toute attente. Si les dénonciations étaient graves, la bonne humeur régnait dans ce qui était maintenant une large masse le long des boulevards. J'avais oublié à quel point la chaleur humaine était un puissant moteur, et, s'il n'était pas freiné par les forces répressives, ce moteur pouvait entretenir l'espoir féroce que le changement se trouvait à portée de main.

Un homme entonna des chants dans le haut-parleur, et nous répétâmes tous en chœur « Kabila, assassin ! » derrière lui. Un groupe de femmes nous rejoignit à hauteur du boulevard Ney. Elles avaient préparé une banderole artisanale, avec écrit au feutre : « Des milliers de femmes et enfants violés en RDC ! Kabila, responsable ! » Je reconnus parmi elles Sifa, qui avait survécu à la guerre au Nord-Kivu, à l'est du pays.

— Bibiche ! Viens avec nous ! hurla-t-elle, folle de joie.

Quand je m'approchai, je ne pus m'empêcher de la serrer fort dans mes bras. Le jour où nous avions célébré son départ était aussi celui du suicide de Dinah. Une longue étreinte en souvenir des moments vécus au quatrième étage du foyer. Elle tenait fermement la banderole d'une main et ma main de l'autre. Nos slogans étaient entrecoupés par nos rires, la joie des retrouvailles.

Je passais mon quatrième hiver en France, déjà. C'était finalement dans les hivers français que je redécouvrais la chaleur à travers ces élans de fraternité, ces portes de chambre ouvertes à la souffrance de l'autre, et ces mains tendues.

Curieux symbole, ce début de marche près de la préfecture, que j'avais si souvent, et bien malgré moi, fréquentée. Un lieu, une institution, un monstre, qui se nourrissait de la patience imposée aux étrangers, de la confusion, de l'espoir, de la douleur et du rejet. On en ressortait diminué ou soulagé. En tout cas, jamais indemne. Une longue marche clandestine vers la reconnaissance administrative. À la fin, une carte plastifiée. Sur la photo, je portais une nouvelle perruque, une frange lisse, je me trouvais jolie. J'avais voulu sourire pour une fois, ce qui n'était pas permis.

Remerciements

Mes remerciements les plus profonds s'adressent à mon mari, Mathieu, et à mon amie, Diane, pour leur soutien et leur enthousiasme précieux ces dernières années dans mes divers projets d'écriture.

Merci ma Neny d'avoir suivi l'itinéraire de Bibiche avec autant d'intérêt et d'empathie.

Ma reconnaissance est immense envers Magalie, mon agente, et Céline, mon éditrice, pour avoir compris Bibiche et avoir su en parler aussi bien.

Et, bien sûr, je n'oublie pas Bijou, Cyril et Anna Grâce pour votre aide essentielle à propos du lingala et de la culture kinoise. Sans compter Nathalie pour sa lecture des entretiens avec la psychologue. Merci pour votre patience !

FSC
www.fsc.org
MIXTE
Papier issu de
sources responsables
FSC® C003309

L'éditeur de cet ouvrage s'engage
pour la préservation de l'environnement
et utilise du papier issu de forêts gérées
de manière responsable.

CET OUVRAGE
A ÉTÉ ACHEVÉ D'IMPRIMER
SUR ROTO-PAGE
PAR L'IMPRIMERIE FLOCH
À MAYENNE EN MAI 2022